小説 フレッシュプリキュア！
新装版

著：前川　淳

講談社キャラクター文庫 022

目次

第一章

フレッシュプリキュア、再び！

ここは四《よ》つ葉町《ばちょう》、クローバータウンストリート。

かつては四つ葉町商店街と呼ばれていたが、町おこしブームを受けて数年前に今の名前に変えたのだった。だが名は変わってもそこに暮らす人々は変わらない。駄菓子屋のおばあさんも、蕎麦屋《そばや》のお兄さんも、魚屋のおじさんも、花屋のお姉さんも……皆、元気に暮らしている。

あのラビリンスとの戦いから一年。

桃園《ももぞの》ラブ、蒼乃美希《あおのみき》、山吹祈里《やまぶきいのり》は、中学三年生になっていた。


「うう〜、寒っ！」

桃園ラブは、ピッ……とエアコンの温度を上げた。

木枯らしが、カタカタと窓を叩《たた》いている。それをぼんやり眺めながら、もうすぐ冬だなあとラブは思った。暑いのも嫌だが寒いのもイヤだ。

隣で山吹祈里の声がする。

（ああ、そうだ。ブッキーが遊びに来てるんだっけ……）

と、はじめは小さかった祈里の声が、次第に大きくなってきて、

「ねえ、ラブちゃん、聞いてる⁉」

「えっ！」

ラブはその声に我に返った。

見れば祈里が、受験参考書を開いたまま、ぼーっとしているラブの顔を不安げにのぞき込んでいる。

ラブは思い出した。

ブッキーは遊びに来たんじゃなくて、勉強を教えに来てくれたんだと。

「あ……ゴメン、なんだっけ？」

「なんだっけじゃなくて、ほら！」

祈里は、赤ペンで真っ赤になったノートをラブに突き返し、

「ここと、ここと、ここ、答え間違ってるよ？」

「ええ〜、そんなに〜？」

これじゃいけないと思いつつ、ラブはどんどんやる気がなくなっていく自分に気づいていた。すると、トントン……と階段を上る足音が近づいてくるのが聞こえてきた。

ラブは思わず目を輝かせる。

（この足音は！）

ラブが期待した通り、ドアをノックする音がして——ラブの母あゆみがトレイに紅茶とドーナツをのせて現れた。

「どう？　一息ついたら？」

（ナイスタイミング！）

さすがはあたしのお母さんだ！　とラブは心の中で叫んで、大きく伸びをした。

「く――――っ！　じゃ、休憩しようよ。ブッキー！」

「うん」

祈里は参考書を閉じると、あゆみに礼を言う。

「ありがとうございます。いただきます」

ドーナツにはハート形の穴が空いていた。

「うわあ！　カオルちゃんのドーナツだ！　おいしそう――――っ！」

「もう、ラブちゃんたら急に元気になるんだから」

「えへへ！」

高校受験を控え、ラブは祈里と一緒に受験勉強しているのだが、ついつい祈里がラブの家庭教師のようになってしまう。祈里は獣医学部のある大学の附属高校を受験することになっていて、ラブの勉強を見たあと自分の家に帰って受験勉強をしているのだ。あゆみはそれが申し訳なくて、ドーナツを美味《おい》しそうに頬張る祈里に謝った。

「ゴメンね祈里ちゃん、自分の受験勉強もあるのに、その時間を割《さ》いてラブに勉強教えてくれて」

「あ、いえ……気にしないでください」

祈里はドーナツを食べる手を止めて、あゆみに「いえいえ」と手を振ると、こちらも美味しそうにドーナツを頬張るラブを見て、微笑《ほほえ》んだ。

「実はラブちゃんも、いろいろ受験の相談にのってくれるんです。だからお互いさまなんです！」

「そうだよ、お母さん！　だから気にしなくていいの！」

「あんたが言うな！」

あゆみが突っ込む。

「じゃ、二人ともがんばってね」

あゆみが出て行き、再びラブと祈里の二人きりになった。

祈里は、ラブがすっかり勉強する気がなくなっているのを知って、今日はもう勉強するのをあきらめて、ラブとのおしゃべりタイムを楽しんだ。

昨日観たテレビの話から、今度新しくオープンしたスウィーツのお店に一度行ってみたいねなどと話に花が咲き、気がつくと自然と親友の話題になっていた。

「でも、驚いたよねー、美希たんが高校受験しないって言ったときはさ！」

「うん……高校進学しないで美容学校に行くつもりだなんて思わなかったものね」

ラブも祈里も、美希はてっきり世界に通用するようなトップモデルを目指しているものと思っていたから、初めて美希からママの美容院を継《つ》ぐと聞かされたときは思わず我が耳を疑ったものだ。

「ホントにそれでいいの？」

「うん！　よく考えてそう決めたの！　あたし、完璧な美容師になるってね！」

「そっか。じゃあもう、なんにも言っわなーい！」

「うん！　美希ちゃんならきっとなれるって私、信じてる！」

ラブと祈里の質問タイムが終わって次はあたしの番とばかりに、今度は美希がラブに訊《たず》ねた。

「ね、それよりラブ！」

「うん？」

「大輔《だいすけ》くんとはその後、どうなったのよ！」

「どうって？」

「もう、とぼけちゃって！」

「それもね……言っわなーい！」

「あ、ちょっと待て！　ラブ！」

「あはははは！」

美希はラブのストレートな問いにも迷うことなく笑顔で答えた。

美希本人がそう決めたのならと、今ではラブも祈里も応援している。

だが、祈里の本心は――。

（美希ちゃん、ほんとにそれでいいのかな……）

そして二人の話は、遠く離れたもう一人の親友のことに。

「そういえば、せつなは今頃……うわっ！」

言いかけて、ふと窓ガラスを見たラブは悲鳴をあげる。

なんと窓ガラスに顔を張り付けるようにして、タルトとシフォンが部屋をのぞいていたのだった。

「もう！　女子の部屋をのぞくなんてサイテーだよ！」

ラブがガラッと窓を開けると、一気に吹き込む木枯らしより速く、タルトとシフォンはトレイの上のドーナッツに飛びついていた。

「ワイらのいない間に隠れてドーナツ食べてるなんて、ヒドイんとちゃうか！」

「ちゃうかー！　プリップー！」

「隠れてって何よ！　人聞《ひとぎ》きの悪いこと言わない……あ――っ！　それあたしのドーナツ！」

「ええやんか、二つあるんやし」

「じゃあ、シフォンちゃんには私の一つあげる！」

「キュアー！　おおきに――！」

この一年でシフォンはずいぶんしゃべれるようになっていた。

祈里はシフォンにドーナツをあげると、思わず目を細める。

「フフ……シフォンちゃんもすっかり関西弁……じゃなかった、スウィーツ語を覚えちゃったのね！」

「もうかりまっかー？　キュアー！　ぼちぼちでんなー！」

シフォンは、美味しそうにドーナツを食べながら覚えたての言葉をしゃべる。だがまだ正しい使い方がよくわかっていないらしい。

タルトとシフォンは今もこうして、ラブたちの世界とスウィーツ王国と、そしてラビリンスを行ったり来たりしている。

そんなタルトたちの話では、せつなはサウラーやウエスターと共に、ラビリンスを幸せいっぱいの国にしようと頑張って活動しているらしい。

「私はこの町の人たちのように、ラビリンスを笑顔でいっぱいにしたい」

それは、せつながクローバータウンストリートを去ると決めた日に、ラブたちに告げた言葉だった。それが今、実現しようとしている。

みんな、頑張ってるな……。

獣医目指して受験勉強しているブッキー。

実家の美容院を継ぐ決心をした美希たん。

ラビリンスの人たちに笑顔を取り戻そうと頑張っている、せつな。

皆、将来の夢に向けて頑張っている。それぞれの幸せをその手につかむために。

でも、あたしは？　あたしの幸せってなんだろう？

今は家族や友達のみんなと楽しくいられることが幸せだけど、でも将来は……。

ラブはまだ、自分の将来の夢を決めかねていた。


放課後。

ラブは担任の工藤愛実《くどうまなみ》先生と購買部にいた。

これからラブの進路について二人きりで話し合うのだ。

別にラブだけが問題児で特別なわけではない。クラス全員の個人面談で、今日はラブの番だったのだ。

自販機の前で財布を手にした愛実先生がラブに訊ねる。

「ジュースおごってあげる。どれがいい？」

「やった！　じゃ、ピーチ！」

愛実先生はジュースを買うと空き教室にラブを連れて行き、これからの進路について相談にのった。

「将来の夢、かあ……まだ中学生なんだし焦らなくてもいいんじゃないかな？」

「ですよねえ——……」

「桃園さんにはまだまだ無限の可能性があるんだし、高校に入ってからゆっくり考えても全然遅くないと思うよ？」

「ですよねえ——……でも……」

納得いかない様子のラブを、愛実先生がうながす。

「でも、なに？」

「美希たんとかブッキー……あ！　あたしのまわりの友人たちはみんな将来の夢が決まってて、なんか焦るっていうか……あたしも幸せゲットするために頑張んなくちゃって！」

「幸せ、ゲット？」

「え……？　あ、ほら！　愛実先生みたいに！」

ラブは自分のことのように嬉《うれ》しそうな笑顔で、愛実先生を祝福する。

「先生には婚約者がいるじゃないですか——！　来年、結婚するんでしょ⁉　スーパー幸せゲットだよ――っ！」

「わ、私の話は関係ないでしょ！」

とまどいながらも、愛実先生はつい、にやけてしまう。

「あ、にやけた」

「にやけてない！」

「あははは！」

愛実先生は思わずムキになり顔を赤らめ、ラブは楽しそうに笑い出す。

「そんなことより！」

プライベートな話にピリオドを打つかのように、愛実先生は一枚のプリントをラブに見せた。

「こないだの模擬試験！」

「あはは、は……」

その一言でラブの笑いが止まる。

「この成績じゃ、もっと頑張らないと志望校に入れないよ⁉」

「ですよねえ――っ！」

ラブは、こりゃ一本取られたと、ぴしゃりと頭を叩いておどけると、「ありがとうございました！　失礼します！」と礼を言い、元気に教室を出ていった。

愛実は、そんな彼女を見送って思わず笑みがこぼれる。つくづく桃園ラブという生徒は面白い子だと思う。一緒にいると何か幸せな気分になれるのだ。

だが愛実はすぐに、それもそのはずだと思い直した。

(だって彼女は……)

スマホが振動し、電話の着信を知らせる——婚約者からだ。

思わず笑顔になって通話ボタンを押す。

「もしもし?」

が、受話器から聞こえる婚約者の第一声に、愛実の笑顔は凍りついた……。

「ごめん。俺、やっぱり結婚できない……」

愛実は言葉の意味が瞬時には理解できなかった。今の今まで幸せのただ中にいたのだ。

だがそれも長くは続かなかった。愛実はそれが見当違いであると理解しながらも、一瞬ラブを恨めしく思った。

(桃園さん、どうして帰っちゃったの?)

とんでもない言いがかりだ。

桃園ラブが一緒にいると幸せな気持ちになれるからといって、彼女がいなくなったら幸せを奪われるというわけではないのは、わかっているのに……。でもたった今、幸せゲットだなんだという話をしたばかりだ。あまりにタイミングが良すぎる。いや、悪すぎるのか？　もはや愛実にはどちらでもいいことだった。

そこから先の電話の声は、愛実の耳には届かない。

婚約者の弁解の言葉が、右から左へとすり抜ける。

だが、ひとつわかったことがある。幸せと不幸せは表裏一体なのだということを……。

そして表と裏は予告なく逆転するのだということも……。


知念《ちねん》大輔はグラウンドで野球部の練習に顔を出していた。

大輔たち三年生はこの夏で部活動を終えた。だからもうこうして顔を出す必要はない。

現にさっきも、大輔とバッテリーを組んでいたキャッチャーの沢裕喜《さわゆうき》が「ゲーセンに行こう」と誘ってきた。御子柴健人《みこしばけんと》も一緒だった。

大輔、裕喜、健人の三人は仲がよく、一年前は〝三色だんご〟というダンスユニットを結成し、大会に出場したこともあった。

そんな二人から誘われたにもかかわらず大輔は、

「わりい、今日はちょっと部活に顔出したい気分なんだ。もうすぐ卒業だしな……」

と、キャラじゃないセンチメンタルなセリフをはいて、裕喜たちを爆笑させた。

そして今、一人で後輩の部活動を眺めているのだ。

時折、後輩にいろいろアドバイスしたりする。だが、それが目的で部活に顔を出したわけではないのでアドバイスもいい加減だ。

「先輩、こんな感じっすか？」

「あ？　ああ……いい感じだ」

大輔は後輩ピッチャーの投球フォームを指導しながら、しきりにちらちらと昇降口を気にしている。

いい加減、後輩たちも迷惑に感じ始めたころ、大輔の〝目的〟が姿を現した。

進路指導を受け終えて下校しようとするラブだった。

「よっ！」

ふいに声をかけられ、ラブは振り返る。

「あ、大輔！　まだ帰らなかったの？」

「ああ……ちょっと部活に顔出してた。おまえは？　進路指導終わったのか？」

「うん。って、なんで今日、あたしの進路指導だったの知ってるの？」

「そりゃ……放課後、愛実先生と一緒だったの見かけたからさ」

「そっか」

それは本当だった。大輔はラブの志望校が知りたくて、野球部に顔を出しながらラブの進路指導が終わるのを待っていたのだった。まあ大体予想はついているのだが。

ラブと大輔は通学路の土手を一緒に帰る。

「そっか、ラブはやっぱり四つ葉高校志望か……」

四つ葉高校は地元の公立高校だ。四つ葉中の過半数の生徒がそこに進学する。

「大輔も？」

「俺？　俺はさ、正直迷ってんだ……」

「えっ⁉」

ラブは思わず大輔を見た。

大輔は気づかず、前を見ながら話を続ける。

「裕喜はさ、家が寿司屋だろ？　だから高校には行かずに板前修業するんだってさ。それに健人はさすが御子柴財閥の御曹司《おんぞうし》！　なんとアメリカ留学が決まってんだと！」

大輔は、自虐的に微笑んで、

「みんな、将来に向けて目標持ってんのに、なんか俺だけ宙ぶらりんでさ……」

「わかる！　わかるよ、大輔！」

「え？」

急にラブが大輔の手を両手で握り、激しくシェイクハンドする。

「あたしもまったく一緒なんだ！　美希たんもブッキーも将来の夢が決まってるのに、あたしだけまだよくわかんなくてさ！」

「そっか！　ほんと、おんなじだな！」

「ねー！」

くったくのない笑顔でうなずくラブを見て、大輔はちょっとドギマギして目をそらす。

横断歩道の信号が赤で、立ち止まる二人。

大輔は、ラブを見ずに話し出す。

「俺、強豪野球部のある隣町の私立高校、受けてみようかとも考えたんだけど……ラブが行くんなら、俺も四つ葉高校受けてみようかな、なんて……」

大輔は、顔を赤らめながら思いきってそう言うと、ちら、とラブのほうに目を向ける。

するとすでに信号は青になっていて、ラブは横断歩道の向こうだった。

「じゃあねー！　大輔──！　お互い、がんばろ───！」

「って、聞いてねえし！」

再び信号が赤になり、大輔は一人、その場に立ち尽くす。

帰宅したラブはその夜、食事をすませお風呂をすますと、すぐに勉強机に向かって苦手科目の参考書を開いた。

「よおーーし！　やるぞおーーっ！」

「しーーっ！　シフォンが起きてまうがな！」

「あ、ごめん……」

部屋の隅でシフォンを寝かしつけているタルトに注意され、思わず謝るラブだったが、

「って、なんであたしが謝んなきゃいけないの！　ここ、あたしの部屋なのに！」

と、シフォンを起こさないように小声で抗議する。

「おやすみやで、シフォン」

寝息を立てて眠っているシフォンを起こさないようにそっとそばを離れたタルトが、勉強中のラブをのぞき込む。

「ずいぶんとはりきっとるやん、ピーチはん！　やる気十分やないかー！」

「やる気はあるんだけど……」

ラブのテンションが急にダウンする。

祈里に教えてもらったことを必死に思いだそうとするのだが、どうもうまくいかない。

祈里は「わからないところがあったら、どんなことでも質問してね」と言ってくれたが、何を質問していいかがわからないのだ。

タルトが漫画雑誌を読みながら語り出す。

「ま、でもワイも、そのセンセの言うとおり思うで？　ベリーはんはベリーはん！　パインはんはパインはん！　でもってピーチはんはピーチはんや！　あまり比較せんと自分の将来の夢は……」

「もー、うるさいな！　シフォンが起きるから静かにって言ったの誰よ！」

またも小声で文句を言う。

「それにあたしも勉強に集中したいの！　だから静かにしてて！」

タルトは『悪かった』と両手で拝むポーズをし、人指し指を口に当てると、黙って漫画雑誌を読み始める。

「…………」

「…………」

沈黙。

「……くー、くー」

「寝たんかい！」

気づけばラブは、勉強机に突っ伏して眠ってしまっていた。

「しゃーないな、まったく……」

その背中にタルトがそっとカーディガンを掛けてやる。

次の日。

ラブが学校に行ってみると、担任の愛実先生はお休みだった。

「風邪でもひいたのかな？」

そのときは、それくらいにしか思わなかったラブだったが、愛実先生はその日を境に学校に姿を現さなくなった。

学校側からは〝体調不良により〟という説明がクラスの生徒にあったが、誰一人それで納得している生徒はいなかった。

というのも、生徒たちの間に「どうも婚約者とうまくいってないらしい……」という噂《うわさ》がまことしやかに流れだしたからだった。

ラブはにわかに信じられなかった。

愛実先生と最後に会った進路指導の日。あのときの幸せそうな先生の笑顔は今でも覚えている。まだほんの数日前のことだ。きっと根も葉もない憶測だろうとラブは思った。

あの日、ラブが帰った直後に愛実先生が婚約者から電話で別れを切り出されたことを、ラブはもちろん知らなかった。

そんなある日のこと。

学校帰りに本屋に寄った大輔は、いつもの雑誌コーナーやマンガの棚をスルーして、受験参考書が並ぶ棚へとまっすぐ向かった。

正直言ってこれまであまり身が入らなかった受験勉強だったが、ラブと話したことで、やっと真面目に受験勉強しようと思い始めたのだった。

だが今年も残すところあとわずか……今から間に合うんだろうかと思っていると、ふいに背後から声をかけられた。

「だーいーすーけーくーん！」

「遊びましょ！」

ビックリして振り返ると、沢裕喜と御子柴健人がニヤニヤしながら立っていた。

裕喜はニヤニヤしたまま近づくと、大輔の肩に手を回して耳元でささやいた。

「野球部の一年から聞いたぜ？　おまえこないだ俺たちの誘いを断って桃園さんの帰りを待ち伏せしてたんだって？」

「ま、待ち伏せって……そんなんじゃねーよ！　ただちょっと話があったから……」

「いいんですよ、そんなにあわてなくても」

あわてて否定する大輔に今度は健人が近づいて、耳元でささやく。

「僕たちは大輔くんを応援してるんですから」

「応援？」

「そう！」

裕喜が大きくうなずいて、

「だってそうでしょ？　俺と美希さんはお互い高校進学はしないものの寿司屋と美容師、まったく違う道へと分かれちまった……健人と山吹さんにいたっては、アメリカと日本だぜ？」

「高校に行っても同じクラスになれる可能性があるのは、大輔くんと桃園さんしかいないんです！　だから僕たちの分まで頑張ってください！」

「なんだよ、それ……」

「ま、そんな話はいいからさ、とりあえずゲーセン行こ！」

「あ！　ちょっと待てって！　俺、受験勉強が……」

「勉強なら僕が教えてあげますよ、ゲーセンで」

裕喜と健人に両脇を抱えられ、大輔は半ば強引に本屋から連れ出された。

大輔は理解した──これまで受験勉強にあまり身が入らなかったのは、受験しないこの二人とつるんでいたからだと。

ゲームセンターは二階建てになっている。

一階には最新のゲーム機が並んでおり、二階は古いゲーム機のコーナーでどのゲームも半額でプレイできる。

大輔、裕喜、健人の三人は、いつも大勢のゲーマーたちでにぎわっている一階はスルーして、二階にあがる。

少ない小遣いでたくさん遊びたいから半額ゲームをプレイするのだが、理由はそれだけではなかった。実は最新のゲーム機は健人の家にあるのだ。しかも、並ばずにタダで何時間でもプレイできる。


「あーっ、くそっ！　またやられたっ！」

健人と格ゲーで対戦していた大輔は三度目の瞬殺を喰《く》らっていた。さすが自宅に最新ゲーム機を持っているほどのゲーマーだ。にわかゲーマーの大輔には到底太刀打ちできない。

「よし！　次は俺だ！」

裕喜が大輔と交代し、健人とバトルを開始する。

席を離れた大輔は、自販機までジュースを買いに行った。

ふと何の気なしに窓の外を見る。

「うん？」

大輔は真向かいにある喫茶店に思わず目を留め、凝視した。

窓側のテーブルに知っている人を見つけたからだ。

（あれって……）

「え？　愛実先生が？」

休み時間――廊下の片隅で大輔とラブが立ち話をしている。

やや顔を近づけ小声で語り出す大輔の話によると、昨日、駅前の喫茶店で愛実先生が男の人と何やら口論しているところを見たというのだ。

「二階の窓側の席！　向かいのゲームセンターからよく見えてさ！」

「大輔、学校帰りにゲームセンターなんて行ってるの？」

「裕喜と健人にムリヤリ連れて行かれたんだよ……ていうか、あれきっと婚約者だぜ！」

「顔、見えたの？」

「いや、よくは見えなかったけど」

「話し声は？」

「聞こえるわけないだろ、向かいのゲーセンからなんだから」

「それじゃ、婚約者かどうかわかんないじゃん！」

「でも、なんか愛実先生と言い争いになってる感じだったんだよ」

大輔は、さらに顔を近づけ声をひそめる。

「おかしいだろ、学校ずっと休んでて喫茶店で男と会ってるなんてさ！」

「顔が近い！」

授業開始のチャイムが鳴って、話はそこまでとなった。

数日後、学校が終わってラブは、家には帰らず祈里の家に向かっていた。今日は祈里の家で勉強を教えてもらうことになっているのだ。

道すがらラブは、母あゆみの言った言葉を思い出していた。

確かにブッキーも自分と同じ受験生。しかも獣医を目指して猛勉強中のはずだ。それなのに、まるで家庭教師のようにつきっきりで勉強を教えてもらっていいのだろうかと思う。本当にブッキーには感謝している。

いつもの公園の前を通りかかった。

いつもの場所でカオルちゃんがワーゲンタイプのワゴン車のドーナツカフェを開いている。

「そうだ！　ドーナツ買って行こ！」

ラブは思った。お世話になりっぱなしで手土産《てみやげ》なしだなんてダメだと。だが実際はそれ以上に自分もカオルちゃんのドーナツが無性《むしょう》に食べたかったのだが。

ラブは駆け足になる。

近づくにつれ、ワゴン車の陰から徐々にテラス席が見えてくる。

一人の女性がテラス席にいた。

ラブは思わず足を止めた。

「あ、ミユキさん……」

その女性は人気ダンスユニット『トリニティ』のリーダー、ミユキだった。

一年前、ラブ、美希、祈里、せつなの四人は、〝クローバー〟というダンスユニットを結成し、大会で優勝した。そのときのダンスのコーチがミユキだった。そしてクラスメイトの大輔の姉でもある。

だが大会で優勝してからは受験を理由に徐々にダンスから遠ざかってしまった。それでミユキとも顔を合わせることが少なくなっていたのだ。なので正直今はちょっとミユキに声をかけづらかった。

決してダンスが嫌いになったわけじゃないんだけど……。

でも、ここで引き返すのもなんだと思い、ラブはおもいきって声をかけることにした。

「ミユキさ……」

が、ミユキはラブに気づかず、深刻な顔で足早に立ち去っていく。

（ミユキさん……？）

ラブが気になって立ち止まっていると、気づいたカオルがワゴン車から顔を出してラブに声をかける。

「よっ、お嬢ちゃん！」

「よっ！　カオルちゃん！」

「今日もナイスなドーナツ日和《びより》よ？　ぐはっ！」

「ね、ミユキさん、どうかしたの？」

「どして？」

「だって今なんか、深刻な顔してたから……」

「そう？　おじさん気づかなかったけど？　ドーナツ買ってく？」

「うん！」

「ま、人生いろいろ。ドーナツもいろいろってね！　さ！　今日はどれちゃんとどれちゃん？」

ラブはきれいに並べられたいろんな種類のドーナツをのぞき込む。できたてのドーナツの香りが鼻をくすぐる。

「えっとねえ、これとこれと、それから、これも。全部二つずつで！」

「そんなに食べるの？　育ち盛りだねー！」

「違うよ！　お持ち帰りで！」

祈里の家はクローバータウンストリート内にある、動物病院だ。

ラブが前を通りかかると、祈里の父、獣医の山吹正《ただし》が気づいて軽く手をあげる。

ラブも笑顔で手を振ると、病院の入り口を素通りして山吹家の玄関に回り、インターフォンを押した。

すぐにスピーカーから祈里の声。

「はい」

「ラブちゃんでーす！」

「待ってて、今開けるから！」

まもなく鍵の開く音がして玄関のドアが開く。

「いらっしゃい！」

「え……？」

現れたのは祈里ではなく、蒼乃美希だった。

「なんで美希たんがいるの？」

「ブッキーに借りてた本、返しに来たのよ。そしたらラブが来るっていうから、ちょっとおどかしてやろうと思って」

美希はいたずらっぽく微笑む。

そこへ祈里もやってきて、

「さ、ラブちゃんあがって！」

「おっじゃましまーす！」

「じゃあ、あたしは帰るね」

「え？　どうして、美希たん？」

「だってラブたちのお勉強、邪魔したくないもの」

「いいじゃん、美希たんも一緒に勉強しようよ！」

「なんでよ、あたし受験しないし！」

「そっかー残念だなー、せっかくカオルちゃんのドーナツ買ってきたのに」

「え……」

靴を履きかけていた美希の手が止まる。

「じゃあラブちゃん、二人で食べよ！」

「ちょ、ちょっとなによ、ブッキーまで！」

美希は履きかけていた靴を戻して、

「それを早く言ってよね——！」

ラブはしてやったりと大笑いして、

「あははは！　必殺、おどかし返し！」

「なによ、それ」

「フフ……じゃ、二人ともあがって。今、紅茶の用意してくるから」

「おじゃましまーす！」

ラブと美希は声を揃《そろ》えてそう言うと、祈里の家にあがる。

その日の夜。

ミユキは自室のベッドに寝転び、今日あった出来事を思い返していた。

（なんであんなこと言っちゃったんだろう……）

「だったらもう、勝手にすれば！」

今日の午前中のことだった。

レイカ、ナナ、ミユキ――ダンスユニット『トリニティ』の三人は、いつものスタジオでいつものようにダンスレッスンをしていた。だがその休憩時間は、いつものようにとはいかなかった。レイカが突如、トリニティを辞めたいと言い出したのだ。

「え……なに言ってるの？」

「どういうこと？　説明してよ！」

ミユキとナナにとっては、まさに青天の霹靂《へきれき》だった。ただちにレッスンを中断して、二人でレイカの説得にあたった。

理由は、一言で言えば家庭の事情だった。

急遽《きゅうきょ》、故郷に帰らねばならなくなってしまったのだ。その事情は十分納得できるものだった。

レイカは泣いていた。

きっと一番つらかったのはレイカ本人だろう。それもわかっていた。だがミユキはどうしても受け入れることができなかった。

ずっと三人で夢に向かって頑張ってきたトリニティが終わってしまう……。

そこで出た言葉が、先のセリフだった。

「わがまま言ってごめん……」

それがレイカの最後の言葉だった。

なぜあのとき追いかけていって「今までありがとう」と言えなかったんだろう。

これまで三人でやってきたトリニティがこんな形で終わるのはイヤだ！　でもそうしてしまったのは自分自身だ。

「私、最低だ……」

枕を抱き、涙するミユキ。すると、ふと人の気配がして、そっと顔を上げ振り返る。

部屋の隅に、黒いフード付きマントを着た男が立っていた。

普通ならば不審者が侵入したと叫び声を上げるところだ。隣の部屋には弟の大輔もいる。だが不思議と恐怖心はなかった。

それどころか、その男には何か惹《ひ》きつけられるような、抗《あらが》いがたい力を感じた。例えば催眠術にかかったような。

「我が名は、魔《ま》フィスト……」

黒マントの男が名乗る。

顔は目深《まぶか》に被《かぶ》ったフードの陰でよく見えないが、その奥で両の瞳だけが異様な光を放っている。

「魔フィスト……」

ミユキが感じた抗いがたい力は、その目から放たれている。

男の燃えるような妖《あや》しげな目で見つめられると、まるで蛇に睨《にら》まれた蛙《かえる》のように、そこから動くことも目をそらすこともできないのだ。

「悲しいか？」

「はい……」

「苦しいか？」

「はい……」

「二度と戻らない幸せを嘆き悲しむ苦しみ……その苦境から逃《のが》れ、楽になれる方法を私は知っている……」

「どんな方法ですか？　教えてください！」

もはやミユキは完全に魔フィストの虜《とりこ》になったかのように哀願する。

「魔法の言葉だ」

「魔法の……言葉」

「ただ一言、その言葉を口にすればいい。ただそれだけだ」

「教えてください！　その魔法の言葉を！」

今にもすがりつかんばかりに訴えるミユキを見て、目深に被ったフードの奥で、魔フィストはニヤリと微笑んだ。

「その言葉を、おまえはもう知っている……」

「！」

その瞬間、ミユキの脳裏に〝ある言葉〟が浮かんだ。

そんなミユキの背を押すかのように、魔フィストはまさに悪魔の囁《ささや》きで、ミユキを闇の世界へと引きずり込みにかかる。

「さあ言え、心の苦しみから解放される魔法の言葉を！」

ミユキの中で、最後の砦《とりで》がもろくも崩れ去った。

そしてミユキは禁断の言葉を口にした。

「幸せなんかいらない」

次の瞬間、カッ！　と開いた魔フィストの口から飛び出したどす黒い闇が、ミユキの身体を蝕《むしば》んでいく！

隣の部屋では大輔がヘッドフォンで音楽を聴いていた。

ちょっと小腹が空いたなと思い、コンビニにでも買いに行こうかとヘッドフォンをはずしたとき――。

「きゃあああああ――っ！」

突然の姉の叫びに、驚いて部屋を飛び出した大輔は、ノックもせずに思いきり姉の部屋の扉を開く！

「どうした姉ちゃん！」

と、大輔が目にしたものは……禍々《まがまが》しい化け物に変化しかかっている姉の姿だった。

「大……輔……」

次の瞬間、ミユキは完全に〝かつてミユキだったもの〟に生まれ変わり、姿を変えた。

「ひぃぃぃっ！」

思わず腰を抜かす大輔の目の前で〝かつてミユキだったもの〟は、窓ガラスを割って外へと飛び出した！

「フシアワーセー！　ダダダ、ダーンシーング！」

「フ……フシアワーセ……？」

魔フィストの姿はいつのまにか消えていた。

そのころラブは受験勉強を終え、美希とともに祈里の家を出るところだった。

「おじゃましましたー！」

「私、途中まで送っていくね！」

祈里も二人を送るため家を出る。

帰宅途中、ラブは昼間公園で見たミユキのことを、美希と祈里の二人に話した。

話を聞いた祈里が心配そうにつぶやく。

「そう……ミユキさんが……」

「うん、なんか思い詰めた顔してたんだよねー……」

「そういえば、あたしも最近会ってないな」

「ミユキさん、大丈夫かな……」

心配そうにつぶやくラブを見て、美希が思わず微笑む。

「フフ、ラブってば相変わらず自分のことより他人のことばかり気になるのね」

「自分のこと？」

「そうよ！　あたしさっきラブが勉強教えてもらってるところ見てたけど、あれじゃちょっと他人の心配してる場合じゃ……」

「わ――っ！　その先は言わないで！」

聞きたくないとあわてて美希を遮るラブ。

と、そのとき――。

「うわあああぁ――――っっ！」

突如、どこからか男性の悲鳴が聞こえた。

「え、なに？」

ラブたち三人は驚いて思わず立ち止まり、顔を見合わせる。すると続いて女性の悲鳴や男性の怒号など大勢の人々の叫びが聞こえてきた。

一体何が起きたのか？

ラブは言いしれぬ胸騒ぎに、いてもたってもいられなくなった。

それは他の二人も同じで、

「行ってみよ！　美希たん、ブッキー！」

「うん！」

「わかった！」

返事と同時に三人は走り出していた。


騒ぎの現場に駆けつけたラブたち三人は、目の前の光景に一瞬言葉を失った。

パニックになり、我先にと逃げ出す町の人々。

その奥には身の丈三メートルほどの〝化け物〟が、まるでダンスを踊るように手足をカクカクさせながら暴れている！

「フシアワーセー！　ダダダ、ダーンシーング！」

〝化け物〟は声高《こわだか》にそう叫ぶと、いくつもの細長い腕を伸ばして手当たり次第に逃げ遅れた人々をつかむ。すると、つかまれた人々は自分の意思に反してカクカクと踊り始めた。

「え？　なに⁉　身体が勝手に！」

「だ、だれか止めてくれえ――っ！」

それはまるで童話『赤い靴』のように、死ぬまで踊り続けるのではと人々を恐怖させた。

はじめに口を開いたのはラブだった。

「な、なにあれ……」

震える声で美希が言う。

「まさか……ラビリンス？」

「そんなはずない！」

即座にラブが否定する。

「だってラビリンスはせつなたちが平和な国にしたはずだもの！」

「じゃあ、あれはいったい何⁉」

いやでも一年前の出来事が思い出される。

管理国家ラビリンス――その総統メビウスは全パラレルワールドの征服を企《たくら》み、そのために必要な無限メモリー〝インフィニティ〟を手に入れようと、ラブたちの住むこの世界に現れ、悪の限りを尽くしたのだった。

だがキュアピーチこと桃園ラブ、キュアベリーこと蒼乃美希、キュアパインこと山吹祈里、そしてラビリンスの幹部イースでありながら、〝幸せ〟を知ってその名を捨て、ラブたちの仲間になった、キュアパッションこと東《ひがし》せつなの四人の女戦士＝フレッシュプリキュアの活躍によって、総統メビウスの野望は潰《つい》え、町に平和が戻ったのだった。

「とにかく、みんなを助けなくちゃ！」

「う、うん！　そうだねブッキー！」

祈里の言葉に我に返り、ラブたちは逃げ遅れた人々に手を貸していく。

「おばあさん大丈夫ですか？　さあ、こっちに逃げてください！」


そのころタルトはシフォンをおんぶしたまま街灯の上に上り、町の様子を眺めていた。

「フシアワーセー！　ダダダ、ダーンシーング！」

〝化け物〟は、手当たり次第に逃げ遅れた人々を襲っている。

「こら大変なことになったで……！」

そんなタルトの背中で、シフォンはすやすやと眠っている。


逃げ遅れた人々の避難誘導をしていたラブは、ふと、逃げもせずじっと沈痛な面持ちで〝化け物〟を見上げている男性を見つけた。歳《とし》は二十代後半くらいか。身なりのきちっとした真面目そうな男性だった。

「そこは危ないですよ！　早く逃げてください！」

「あ……は、はい」

ラブにうながされ、逃げるようにその場を去っていく。そのとき、男のショルダーバッグについたイルカのキーホルダーがラブの視界に入った。

（あのキーホルダー、前にどこかで見たような……）

それがどこだったか思い出そうとしたが、

「ラブ――ッ！」

ふいに声をかけられ、それっきりとなった。

ラブの名を呼びながら駆け込んできたのは、大輔だ。

「ラブ！　ラブ――ッ！」

「どうしたの、大輔！」

「大変なんだ！　なんとかしてくれよ！」

「ちょっと落ち着いて！」

美希が一喝《いっかつ》する。

「どうしたのよ、いったい⁉」

「あ、あの化け物……姉ちゃんなんだ！」

「ええええっ！」

今度はラブたちが落ち着きを失った。

「ミユキさんが……？　どうして！」

「どうしてって……俺だってわかんねえよ！　ただ突然姉ちゃんの部屋から悲鳴が聞こえて……急いで見に行ったら姉ちゃんが化け物になってたんだ！」

「そんな……」

祈里が思わず口を手で覆う。

「それで、あんな踊りを踊る化け物に……！」

「フシアワーセー！　ダダダ、ダーンシーング！」

声高に叫ぶとその〝化け物〟は、カクカクと身体をくねらせながらビルによじ登り、今や町中に溢《あふ》れかえった踊り続ける人々を面白そうに眺めている。

そんな〝化け物〟となった姉を見た大輔は、今にも泣き出しそうな表情でラブに懇願する。

「頼むよラブ！　姉ちゃんを助けてくれよ！」

「えっ……」

「早くキュアピーチに変身して、姉ちゃんを元に戻してくれよ！」

「そ、そんなこと言われたって……」

「蒼乃さんも山吹さんも頼む！　変身してくれよ！」

ラブ、美希、祈里の三人は、大輔に懇願され思わず顔を見合わせる。

町に平和が戻ってからのこの一年、ラブたちは一度もプリキュアに変身していない。

そもそも変身アイテムであるリンクルンとピックルンは、スウィーツ王国に返してしまっていた。

だが、ミユキさんをなんとかしなくては！

「ミユキさん！」

ラブ、美希、祈里の三人は〝化け物〟に向かって走り出していく。

「あたしラブだよ！　わかる⁉」

「ミユキさん！　もうこんなことやめて！」

「お願い！　正気に戻って！」

三人は口々に〝化け物〟に訴えかける。だがすでに自己を失ってしまったミユキにラブたちの声は届かない。

「フシアワーセー！　ダダダ、ダーンシーング！」

シュルルル！　と伸びた細長い腕がラブたち三人に襲いかかる！

「きゃあっ！」

それをなんとかギリギリでかわし、

「ミユキさん！」

あきらめず〝化け物〟のかつての名を叫ぶ！

「フシアワーセー！　ダダダ、ダーンシーング！」

暴れまわる〝化け物〟！

ラブは思わずつぶやいた。

「ミユキさんを助けたい！」

と、そのとき――街灯の上で――。タルトに背負われたシフォンが突然泣き出した。まるでラブのその一言に呼応したかのように。

「わわ！　どしたんや、シフォン！」

あわててあやすタルトの目の前で、シフォンの額のマークがまぶしいほどに光り輝く！

「キュアキュアプリップ――――ッ！」

「うわっ！　な、なんや！」

そして――！

気がつくと、ラブ、美希、祈里はリンクルンを握りしめていた！

「えっ⁉」

「これって……」

「リンクルン！」

さらに夜空の彼方《かなた》から、キイイイン！　と三つのピックルン――ピルン、ブルン、キルンが三人のもとに飛んできた！

「キー――――ッ！」

「ピルン！」

「ブルン！」

「キルン！」

ラブ、美希、祈里の三人は、それぞれピックルンと再会した。

「どうして……」

驚くラブに、ピルンが答える。

「ラブが呼んだんだキー！」

「あたしが？」

「ミユキさんを助けるんでしょう？　それなら私たちの力が必要キー！」

「それって……またプリキュアになれってこと？」

「ぐずぐずしてるヒマはないキー！」

ラブは、美希と祈里を振り返った。

二人の目を見た――決意の目だった。

言葉を交わすまでもなく、三人は同時にリンクルンを開いて叫んでいた！

「チェインジ！　プリキュア・ビートアーップ！」

次の瞬間、三人の姿はピンク、ブルー、イエローの光に包まれる！

「ピンクのハートは愛あるしるし！　もぎたてフレッシュ！　キュアピーチ！」

「ブルーのハートは希望のしるし！　つみたてフレッシュ！　キュアベリー！」

「イエローハートは祈りのしるし！　とれたてフレッシュ！　キュアパイン！」

「レッツ！」

「プリキュア！」

三人はフレッシュプリキュアに変身した！

そこへシフォンをおんぶしたタルトが息を切らして走ってくる。

「ああっ、もしやと思って来てみたら、皆はんプリキュアに変身しとるやんか！」

一年ぶりに変身したキュアピーチ、キュアベリー、キュアパインは、軽くストレッチをして身体を慣らすと、

「行くよ！」

「ＯＫ！」

「うん！」

ダッ！　と〝化け物〟に突進していく！

気づいた野次馬たちが口々に叫ぶ。

「え、プリキュア⁉」

「フレッシュプリキュアだ！」

野次馬の中に大輔もいた。

「ラブ……サンキューな！」

変身してくれたラブに礼を言い、そして大声で声援を送る。

「がんばれ、プリキュア――――ッ！」


「フシアワーセー！　ダダダ、ダーンシーング！」

〝化け物〟は三人のプリキュアにターゲットを絞り、何本もの腕を振り回し襲ってくる！

「はあっ！」

それをすばやい身のこなしでかわしていく、プリキュアたち。

だが〝化け物〟の動きは機敏で、容赦ない攻撃が繰り出される。

「あうっ！」

ムチのようにしなった腕がキュアベリーを激しく叩いた！

「美希たん！」

「大丈夫？　美希ちゃん！」

「当然でしょ！　久しぶりでちょっともたついただけよ！」

キュアベリーは立ち上がり、

「それに今は美希じゃない、ベリーよ！　ピーチにパイン！」

「あ、そうだった！」

「ごめんなさい、ベリー！」

そうする間にも容赦ない〝化け物〟の攻撃が次々と襲いかかる！

それを右に左に避《よ》けながら、プリキュアたちは間合いを詰める。

「本気でいかないとミユキさん、助けられないよね！」

「ええ！　ミユキさんだからって遠慮してられないわ！」

「必ず元のミユキさんに戻るって私、信じてる！」

プリキュアが反撃する！

「はあっ！」

「やあっ！」

「とおっ！」

次々と〝化け物〟にパンチやキックを叩き込んでは距離をとる。

三人のスピードはみるみる速くなり、戦いの中で一年のブランクがあっというまに解消されていく。

「ダブル・プリキュア・パンチ！」

「ぐおおっ！」

ベリーとパインのパンチが決まる！

「トリプル・プリキュア・キーーーック！」

「ギュアアアアーーーッ！」

ピーチ、ベリー、パインの跳び蹴りがダメージを与える！

「今よ！」

キュアピーチのかけ声で、いっせいにリンクルンにピックルンを差し込む三人。

それぞれのキュアスティックが現れる！

「届け！　愛のメロディ！　キュアスティック・ピーチロッド‼」

「響け！　希望のリズム！　キュアスティック・ベリーソード‼」

「癒やせ！　祈りのハーモニー！　キュアスティック・パインフルート‼」

「悪いの悪いの飛んでいけ！」

キュアピーチが、ピーチロッドを華麗に操る！

「プリキュア・ラブサンシャイン・フレーーーッシュ！」

放たれたピンクのハートが〝化け物〟に命中！　その身体を包み込む。

続けてキュアベリーが！

「悪いの悪いの飛んでいけ！　プリキュア・エスポワールシャワー・フレーーーッシュ！」

ベリーソードから放たれたブルーのスペードも〝化け物〟に命中！

「むおおおっ！」

立て続けに浄化の技を喰らい、身悶《みもだ》えする〝化け物〟。

「効いてる！　あと少しよ！」

「頼むわ、パイン！」

「悪いの悪いの飛んでいけ！　プリキュア・ヒーリングプレアー……」

そのとき、飼い主とはぐれた一匹の子犬が〝化け物〟の前に飛び出してきた！

「ダメ！　来ないで！」

とっさにパインは飛び出して、子犬を抱き抱える！

「逃げて、パイン！」

次の瞬間――ブオン！　と振り回した化け物の腕が、キュアパインを吹っ飛ばした！

「きゃああっ！」

キュアパインはブロック塀に激しく叩きつけられた。

子犬はしっかり抱いたままだ。

「大丈夫？　ケガ、なかった？」

子犬が元気よく、ワン！　と吠《ほ》えた。

遠くで子犬の飼い主が呼ぶ声が聞こえる。

子犬はもう一度、今度は飼い主のほうにワン！　と吠えると、キュアパインの腕をすり抜けて、尻尾《しっぽ》を振って飼い主のもとへ走って行く。

「フフ……よかったね……」

その姿を見てキュアパインは力なく微笑むと、意識を失った。

「パイン！」

すかさず駆け寄ろうとする、ピーチとベリー！

だが、その眼前に〝化け物〟が立ちはだかる！

「フシアワーセー！　ダダダ、ダーンシーング！」

ブオン！　と振り回された複数の腕で、ベリーが、ピーチが、立て続けに吹っ飛ばされる！

「きゃああっ！」

「ベリー！　はうっ！」

あと一歩……あと一撃で〝化け物〟を浄化できたのに……！

そう無念に思いながら吹っ飛ばされていくキュアピーチ。だが一瞬その視界に――月明かりの中、マンションの屋上に颯爽《さっそう》と立つ一人の人影をとらえた。

(えっ、あれは！)

ほんの一瞬だったが、見間違うわけはなかった。

「キュアパッション！」

マンションの屋上に颯爽と立つその人は、まごうことなき四人目のプリキュア、キュアパッションだった！

「歌え！　幸せのラプソディ！　パッションハープ‼」

手にしたパッションハープをかき鳴らし、

「吹き荒れよ！　幸せの嵐！　プリキュア・ハピネスハリケーン！」

パッションハープから放たれた赤いハートが〝化け物〟の身体を包み込む！　それが最後の一撃となって「しゅわしゅわ〜」と〝化け物〟は浄化された！

それと同時に、襲われて踊り続けていた町の人々の動きも止まった。

「ブッキー！」

変身を解いた、ラブ、美希、せつなが、倒れたままの祈里のもとへ駆けつける。

「うん、大丈夫……」

ラブたちに手を貸されて、祈里はゆっくり起き上がった。

「ミユキさんは？」

祈里に言われてラブたちがいっせいに振り返ると、元に戻ったミユキを弟の大輔が介抱しているところだった。

「大丈夫か、姉ちゃん！」

「あたし……何でこんなところに……」

　ラブ、美希、祈里、せつなも駆けつけるが、それも目に入らないくらいミユキは必死に記憶を手繰《たぐ》ろうとしていた。

「あたし……たしか部屋にいたはず……」

「そうだよ！　そしたら姉ちゃんの部屋から悲鳴が聞こえて……」

「魔フィスト！」

「え？」

　突然の意味不明な言葉にとまどう大輔やラブたちだったが、記憶の戻ったミユキは堰《せき》を切ったように話し出す。

「そう！　魔フィストっていう、フードの付いた黒いマントの男が部屋の隅に立ってたのよ！」

　姉の部屋に不審な男がいたと知った大輔は思わず声を荒らげた。

「えっ？　誰だよ、それ！」

「誰って……誰かはわからないけど……」

　そこから先の記憶はすっかり抜け落ちていた。

　これ以上、ミユキから聞き出せることはないと判断した美希は、体調を気遣って大輔に言った。

「大輔くん、とにかくミユキさんを早く家に連れて帰って休ませたほうがいいわ」

「あ、ああ……そうだな」

「立てる？　ミユキさん」

ラブと大輔が手を貸し、立ち上がるミユキ。

「あ……ラブちゃん、久しぶりね」

ミユキは、まるで今、ラブたちがいたことに気づいたかのように微笑んだ。

「うん、ごめんミユキさん、最近ちっとも会いに行けなくて」

「フフフ……」

「え？　なんかおかしかった？」

「ううん、なんか久しぶりにラブちゃんの顔見たら、元気出てきた。ね、いつものあれ言って」

「え？　ああ……うん！」

ラブはすぐに理解すると、笑顔でサムアップして言った。

「幸せ、ゲットだよ！」

「ありがと！　なんかますます元気出てきたみたい！」

「そう？　よかった！」

「さ、姉ちゃん、帰るぜ！」

ラブたちは、大輔に付き添われて帰っていくミユキを見送った。

そんなラブたちを物陰から見つめている者がいた——魔フィストだ。

目深に被ったフードの奥から、燃えるような赤い目でじっとラブたちを見つめている。

「幸せゲットだと……？　フン！」

忌々《いまいま》しげにつぶやいた。


「うん？」

せつなが気配を感じて振り返る。

だがすでにそこに魔フィストの姿はない。

「せーつなっ！」

「おかえり！」

「会いたかったよ、せつなちゃん！」

たちまちラブたち三人に取り囲まれたせつなは、それきり気配のことは忘れ、大歓迎に笑顔で応える。

「ただいま！　ラブ、美希、ブッキー！」

そこへタルトとシフォンもやってきた。

「ワイらもおるで〜〜！」

「プリップリップ〜〜！」

「タルト！　シフォン！」

「パッションは〜〜〜ん！」

両手を広げたせつなの胸に勢いよく飛び込もうとしたタルトだったが、せつなが抱きしめたのはシフォンのほうだ。

「しぇつな〜〜！」

「シフォーン！　久しぶり――！」

「パッションはんだけに、せつないねん……」

ふとダジャレを言うタルトだが、誰も聞いていない。

と思ったら、せつなはシフォンを抱いたままタルトを振り返り、

「タルトも！　元気だった？」

「ま、ぼちぼちや！」

タルトはスルーされていなかったことに安堵《あんど》して微笑んだ。ダジャレはスルーされたが、この際、それはいいことにしよう。

「でも、どうして？」

なぜタイミングよく自分たちのピンチのときに現れたのかを訊ねるラブに、せつなが語

り出す。

「それがね……」

シフォンの額が輝いたとき――異次元世界ラビリンスでは、せつなの手作りドーナツをウエスター、サウラーが食べているところだった。

「どうかしら？」

「う、うん……うまいよ！」

「ああ……なかなかいける」

「そのわりには何か言いたそうな顔してるけど？」

「う……」

「それは……」

せつなの鋭いツッコミに一瞬言葉を濁すウエスターとサウラーだったが、

「その……うまいはうまいんだけどさ」

「カオルちゃんの味には及ばずといったところかな……」

せつなも一口食べてみる。そして一言。

「精一杯、頑張るわ。フフフ！」

せつなが笑い、つられてウエスターもサウラーも笑い出す。

笑顔と笑顔――今ではラビリンスのどこででも普通に見られる光景だ。

そんなときに突然、せつなの手の中にリンクルンが現れたのだ。

「えっ！　これは……リンクルン！」

さらにどこからかアカルンも飛んできた。

「キイ――――ッ！」

「アカルンも！」

シフォンの額の輝きに導かれた変身アイテム・リンクルンと四つめのピックルンは、スウィーツ王国から次元を超えてラビリンスにも飛んできたのだった。

一年ぶりに変身アイテムを手にしてとまどうせつな。

と同時に、これが再び現れたことの意味も瞬時に理解していた。


ラブたちが戦っている……！


そしてそれは、かたわらの二人も同じだった。

「何をしている。早く行ったほうがいい」

「サウラー……」

「おみやげはカオルちゃんのドーナツな！　絶対忘れんなよ！」

「ウエスター！」

もとよりせつなの心は決まっていた。

せつなは手にしたリンクルンを構えると、一年ぶりに変身の言葉を叫ぶ！

「チェインジ！　プリキュア・ビ――トア――ップ!!」

せつなは光に包まれ――キュアパッションに変身した！

「真っ赤なハートは幸せの証《あかし》！　うれたてフレッシュ！　キュアパッション！」

「おお〜〜〜〜！」

ウエスターとサウラーが思わず拍手する。

「やめてよ」

かくしてアカルンの瞬間移動能力で、ピーチたちのピンチにパッションが現れたというわけだった。

せつなは一年ぶりに桃園家に〝帰って〟きた。

何も知らされず、玄関でラブの帰宅を出迎えた母あゆみは、いたずらっぽい笑みを浮かべたラブの背後から、ちょっと気恥ずかしそうに、そしてとても嬉しそうに現れたせつなを見てまず驚いた。

「せっちゃん……」

だがそれはほんの一瞬で、みるみる喜びの涙が溢れ出てくる。

「お帰りなさい」

「ただいま……お母さん」

ちょっと照れくさそうにそう言うせつなを、あゆみは力一杯抱きしめた。

それから少し経ってラブの父、圭太郎《けいたろう》が帰宅したときも同じことが起こった。

さすがにせつなを抱きしめられなかったので、代わりにタルトを思いきり抱きしめた。

一年ぶりの家族四人での夕食。

「もうラブったら！　せっちゃんが来るならちゃんと言ってくれなくちゃ！　なんにも用意してないじゃない！」

あゆみは文句を言いながら、嬉しそうに、あるもので手際よく料理を作っていく。

「おいしい……」

せつなは久しぶりのあゆみの手料理に、思わず頬を緩ませた。

「あっ、お母さんってば！」

料理の中にピーマンの肉詰めがあるのに気づいたラブが、あゆみをとがめる。

「ダメじゃん、ピーマン！　せつな、嫌いなんだから！」

「あ、そうだったわね！　ごめんなさい！」

「フフフ……」

だが、せつなは微笑んで、ピーマン肉詰めを美味しそうに食べ始める。

「あ、いいのよ、せっちゃん！　ムリしなくても！」

が、せつなは首を横に振って、

「私、ピーマン食べられるようになったんです！」

「え、マジ？」

ラブは驚き――ちょっとイヤな予感。

「へえ、偉いわねえ！　それに比べてラブはいまだにニンジン嫌いなのよ」

予感が当たった。

「お母さんだって、ほうれんそう嫌いじゃん！」

「あら、ムリすれば食べられるわよ！」

「お茶で流し込むんだよねーっ！」

「フフフ……あはは！」

せつなは、久しぶりにラブとあゆみの漫才のようなやりとりを聞いて大笑いした。

相変わらずの明るい家族に心が嬉しくなる。

短い間だったがその一人に加えてもらい、ともに暮らして得た愛情ははかりしれない。

せつなはこの家族が大好きだとあらためて思った。

楽しい夕食を終え、ラブとせつなは二階にあがる。

「さ！　せつなの部屋もそのままだよ！」

「私の、部屋……」

たかだか一年前のことなのに、ずいぶんと昔に思える。

（そういえばこの部屋で偽者《にせもの》のお母さんに襲われかけたこともあったっけ……）

せつなは当時を思い出す。

インフィニティであるシフォンを奪うために、ラビリンスの新幹部ノーザが偽者のあゆみを送り込んだのだった。そのことにいち早く気づいたせつなは、「こいつはお母さんじゃない！」とラブに訴えるが、すぐには信じてもらえなかった。

「なんてこと言うの！　お母さんがせつなのこと、どれだけ思ってるかも知らないで！」

だが、結局偽者だと見破り、本当のあゆみを無事救出できた決め手は、あゆみのせつなへの愛情だった。そして、せつなが初めてあゆみのことを「お母さん」と呼んだのもそのときだった。

あのときの赤いハートのブレスレットは、ラビリンスのせつなの机の引き出しに、今も大事にしまってある。

せつなが思い出を懐かしんでいると、ラブが腕を絡めてきた。

「ほら、懐かしいでしょ！　だからさあ、明日帰るなんて言わないで、しばらくうちにいなよ！　きっと美希たんやブッキーだってもっと話したいはずだし！　ねっ！」

「ええ、そうね……」

せつなはラビリンスのことが気がかりで、明日の昼には帰ると言っていた。

だが正直しばらくここで、ラブたちと一緒に暮らしたいとも思えてきた。ほんの二、三日程度なら、きっとウエスターやサウラーも許してくれるだろう。カオルちゃんのドーナツさえ買って帰れば、もしかしたら一週間くらいいてもＯＫかもしれない。

「そうしようかな……」

「ほんと！　やったあ――っ！」

喜ぶラブの顔を見て、きっと楽しいに違いないとせつなも微笑む。

だが現実は楽しいだけではなかった。

その翌日、新たなフシアワーセ（ラブたちは化け物をそう呼ぶことにした）が、クローバータウンストリートに現れたのだ。

「フシアワーセー！　サンサン、フラワー！」

巨大な向日葵《ひまわり》のようなそのフシアワーセは、マシンガンのように向日葵の種を連射し、建物を破壊していく！

「チェインジ！　プリキュア・ビートアップ！」

ただちにプリキュアに変身した四人は、見事な連携プレイでフシアワーセ・ヒマワリを被害の少ない場所へと誘導していく。

ミユキとのファーストバトルこそ、一年のブランクでぎこちなさのあったプリキュアたちだったが、今ではもうすっかりバトルの勘を取り戻していた。

「今よ！」

フシアワーセ・ヒマワリがひるんだとみるや、四人のプリキュアは一気に決め技を繰り出し浄化した。

「しゅわしゅわ〜〜〜〜」

その正体は、花屋のお姉さんだった。

そして、その後も新たなフシアワーセがほぼ毎日のように姿を現した。

ラブたちはそのつど出動し、ただちに浄化していく。

授業中でも、食事中でも、お風呂上がりでも――。フシアワーセは時間を選ばず出現する。もう、とても受験勉強どころではなかった。

元に戻った人たちの証言はミユキのときとほぼ同じだった。

魔フィストと名乗る黒いフード付きマントの男が現れ、それから先はよく覚えていないという。

だが新たにわかったこともある。襲われた人々は皆、大なり小なり悩みを持っていたということだ。

何人か記憶が残っている人たちの証言では、「幸せなんかいらない」と言えば楽になれると魔フィストにそそのかされたという。おそらくその言葉がフシアワーセになるキーワードなのだろう。

だとしたら許せないとラブは思った。

と同時に、この町内に自分は不幸だと思っている人が思いのほか多いことに驚いていた。

だがラブはすぐに考えをあらためる。不幸と呼ぶには及ばない程度の小さな悩みの一つや二つは誰にでもあるはずだ。

魔フィストはそんな些細《ささい》な悩みで出来たわずかな心の隙間にもするりと潜《もぐ》り込み、まるでほころびた糸を手繰り寄せるかのようにどんどん隙間を広げていくのだろう。

「そういえば、ミユキさんも悲しそうだった」

ふと、ドーナツカフェで見かけたミユキの表情を思い出す。

彼女にも何か悩みがあるのだろうか……。

「悩みごと?」

ラブにたずねられ一瞬笑顔でごまかそうとしたミユキだったが、すぐに思い直し、ラブ、美希、祈里、せつなにすべてを打ち明けた。

「え……っ、トリニティが解散……!」

「まだ情報解禁してないから内緒にしててね」

思いもかけない話にラブたちは、少なからずショックを受けた。

そしてその原因が、レイカが脱退しなくてはならなくなったことにあること。そのレイカに思わず心無い言葉を浴びせ、それで自己嫌悪に陥ったところを魔フィストにつけこまれたのだろうということを聞いた。

「そうだったんだ……」

レイカとは直接会って謝り、和解したらしい。それを聞いてラブたちは安心した。そしてあらためて強く心に刻む。

「絶対、魔フィストを捕まえてやる!」

そんなラブたちの決意を知ってか知らずか、その後も魔フィストは悩める人々の心の隙間に潜り込み、フシアワーセへと変えていく。そのたびにプリキュアが駆けつけ浄化して元の姿に戻すのだが、徐々にフシアワーセたちがパワーアップしているように感じられた。

最初のころはキュアスティックで比較的簡単に浄化できたが、ここ最近のフシアワーセはかなりダメージを与えて弱らせてからでないと、キュアスティックやパッションハープを使っても一回では浄化できないこともあった。

「こら、プリキュアはんたちのために、〝アレ〟を持ってこんとあかんな！」

プリキュアたちが頑張っているのを見て自分も何か役に立ちたいと思ったタルトは、シフォンとともに、いったんスウィーツ王国へと帰っていった。


タルトはスウィーツ王国の第百五番目の王子だ。

いつもなら帰国したらまずお城に行き、国王とそのお后《きさき》である両親に挨拶に行く習わしになっているのだが、今回は違った。一刻も早くプリキュアたちに〝アレ〟を持って行きたいタルトは、真っ先にシルコアマの森へと急いだ。

〝アレ〟とは、伝説のクローバーボックスのことだった。

もともとシルコアマの森の祠《ほこら》に保管されていたクローバーボックスは、ラビリンスとの死闘を終え、再び祠に戻されていたのだ。だがクローバーボックスがあれば、プリキュアたちはさらに強力な浄化技が使える。それでタルトはやってきたのだった。

「そういや、ピーチはんたちと一緒にこの森に来たんやったなあ……」

タルトは思い出す。

そのときは、この森に封印されていた魔人の封印が解かれ、魔人の悪《あ》しきパワーによって禍々しい森に変貌してしまっていたことを。そして魔人の封印を解いてしまったのが、フィアンセのアズキーナだったことも。

「アズキーナはん、真っ先に会いに行かへんかったから、怒ってるやろか……？」

クローバーボックスを手に入れたら、ラブたちの世界に帰る前にアズキーナに会いに行こうと考えながら、タルトは祠に続く長い石段を歩いていく。

と、少し前を飛んでいたシフォンがタルトを呼んだ。

「キュアアー！　タルトー！」

「タルトさん、やろ。呼び捨てにすんなて」

「ないでー、なくなってるでー、キュアー！」

「あん？　なになくしたんや？　もっとよく探せ……」

言いかけて石段を登り終えたタルトは、目の前の光景に呆然《ぼうぜん》とその場に立ち尽くした。

「ない……！　ほんまになくなってるやん！」

なんと、クローバーボックスが保管されていた祠が、なくなっているのだ。

「ど、どういうことやねん……！」

第二章

暗躍する、魔フィスト

その日、蕎麦屋のお兄さんはものすごく緊張していた。

隣には清楚《せいそ》なお嬢様風の女性がいる。歳はお兄さんより二つ三つ下くらいか。

この日、蕎麦屋のお兄さんは前々から好意を寄せていた女性を、思いきって食事に誘ったのだった。

今はその帰りだ。

人通りの少ない遊歩道を肩を並べて歩いている。

「き、きれいなお月様ですね……」

「え？」

女性が見上げると、タイミング悪く月が雲に隠れていく。

不吉な予感を感じつつも、お兄さんはこれまで何度も頭の中でシミュレーションした行動に出た。

「あ、あのっ！　よかったら僕と、お……お付き合いしてくれませんかっ！」

「ごめんなさい……」

こちらもまた頭の中でシミュレーションしたかのような、淀《よど》みない返答だった。

「じゃあ、私こっちなので……今日はご馳走《ちそう》さまでした。さよなら」

「さよなら……」

信号が点滅する横断歩道を小走りに駆けていく彼女の後ろ姿を呆然と見送ると、近くのベンチにどさっと座りこむ。

「終わった……」

じわじわと心の底から悲しみが湧き上がってくる。と同時に涙が溢れて頬を濡らす。

「うん……？」

ふと気配を感じて隣を見ると、いつのまにか見知らぬ男が座っていた。

黒いマントについたフードを目深に被っているため、その表情はわからない。

「あ、あんた誰？」

「我が名は、魔フィスト……」

「俺になんか用っすか？　そうじゃないならちょっと一人にさせて……」

くれないか、と言いかけて固まった。

フードの奥から見える妖しげな光を放つ目を見たとたん、身動きも目をそらすこともできなくなっていた。

「悲しいか？」

「はい……」

「苦しいか？」

「はい……」

「その苦境から逃れ、楽になれる魔法の言葉を私は知っている……」

「魔法の……言葉」

「その言葉を、おまえはもう知っている……」

「！」

次の瞬間、蕎麦屋のお兄さんは頭の中に浮かんだ言葉を脊髄《せきずい》反射的に口にしていた。

「幸せなんかいらない」

すると、カッ！と開いた魔フィストの口から飛び出したどす黒い闇が、みるみる蕎麦屋のお兄さんの身体を蝕んでいく！

「うわあああああああ――――っっ！」

そして今、四人のプリキュアは、人の少ない山林地帯で新たに出現したフシアワーセ――フシアワーセ・ソバと戦っていた。

「フシアワーセー！　チュルチュルー―ッ！」

今度のフシアワーセは、蕎麦のような無数の触手を伸ばして、見境なく人々を縛り上げパワーを吸い上げていく。

すっかり力を奪われた被害者たちは、立つこともできずその場にくずおれて眠ってしまうのだ。そこでそれ以上の被害を食い止めるために、人の少ないこの場所までフシアワーセ・ソバを誘導してきたのだった。

「フシアワーセー！　チュルチュルーーッ！」

フシアワーセ・ソバはプリキュアたちにも容赦なく、無数の蕎麦状の触手を伸ばして襲い来る！

「気をつけてピーチ！　今度のはなかなか手強《てごわ》いわ！」

「わかった、パッション！」

「きっと、それだけ心に抱えた嘆きと悲しみが大きいのかも！」

そういうパインにベリーがうなずき、

「だったら、ちゃんと癒やしてあげなくちゃね！」

ピーチ、ベリー、パインの三人は、いっせいにそれぞれのキュアスティックを取り出して！

「悪いの悪いの飛んでいけ！」

「プリキュア・ラブサンシャイン・フレーーーッシュ！」

「プリキュア・エスポワールシャワー・フレーーーッシュ！」

「プリキュア・ヒーリングプレアー・フレーーーッシュ！」

そしてパッションはパッションハープを取り出して！

「吹き荒れよ！　幸せの嵐！　プリキュア・ハピネスハリケーン！」

ピンクのハート、ブルーのスペード、イエローのダイヤ、そして吹き荒れる真っ赤なハートが、フシアワーセ・ソバに命中！　その身体を幸せの光で包み込む！

「しゅ、しゅわしゅ……わにならなーい！」

ドオオオン！

が、なんと、フシアワーセ・ソバは土壇場《どたんば》で踏ん張り、不幸のパワーで幸せの光を吹き飛ばした！

キュアパインは愕然《がくぜん》とその場に立ち尽くす。

「ダメだわ！　嘆き悲しみが大きすぎて、浄化できない！」

「いったいどんだけ不幸なのよ！」

思わずベリーがぼやいたとき、フシアワーセ・ソバの反撃が始まった！

「フシアワーセー！　チュルチュル――ッ！」

フシアワーセ・ソバはさらに力を増したかのように、無数の蕎麦状の触手を振り回して暴れ回る！

「逃げて！　ピーチ！　ベリー！　パイン！」

パッションが叫び、ギリギリで散って攻撃をかわす、プリキュアたち！

だが、必殺技を打ち消された彼女たちはもはや防御に徹するしかなかった。

「いったい、どうしたら……」

と、思わずピーチがつぶやいたとき……。

「ピーチは――んっ！」

タルトとシフォン、そしてアズキーナが駆けつけてくる！

「タルト！」

「それに、アズキーナちゃんも！」

「どうやら、ギリギリ間に合ったみたいやな！」

アズキーナは胸にクローバーボックスを抱えていた！

実は――シルコアマの森で祠がなくなっているのを見て愕然となったタルトだったが、そこへアズキーナがクローバーボックスを持って現れたのだった。

なんでもアズキーナの話では、老朽化した祠はある嵐の夜に倒壊してしまい、新しい祠を建て直すところだったという。その間、クローバーボックスはアズキーナが大事に保管していたのだった。

「おおきに、アズキーナはん！　急いで来てみたら祠なくなっとるやろ？　だからワイ、てっきりクローバーボックスもどっか行ってしもうたんかとハラハラしたわ～！」

アズキーナは、ちょっと恨めしそうな目でタルトを見て、

「帰って来たのに、真っ先にウチに会いに来んかったバッどす」

「ほんまやな。許してや～、アズキーナはん！」

そう言ってタルトがアズキーナからクローバーボックスを受け取ろうとすると、アズキーナはひょい、とクローバーボックスを背中に隠す。

「なんやねん？　ふざけてる場合やないんや！」

「ふざけてなんかおまへん！」

「じゃあ、はやくよこしてや！　それないとプリキュアはんたちが困るんや！」

「だからこれは、ウチが持って行きます！」

「え？」

「ウチ、もうタルト様のおそばを離れしまへん！」

「アズキーナはん……」

いい感じの二匹だったが——その間にシフォンが割り込んで、

「プリキュア、ピンチ！　はよいくで！」

シフォンの額のマークがまばゆく輝いて！

「キュアキュアプリップ——ッ！」

そしてシフォンの力で瞬間移動して、ギリギリ駆けつけたというわけだった。

「さ！　ピーチはん、これを！」

アズキーナがクローバーボックスをピーチに渡す。

「ありがと！　アズキーナちゃん！」

そこへ、フシアワーセ・ソバが触手を伸ばして襲いかかってくる！

「フシアワーセー！　チュルチュル――ッ！」

「きゃあっ！」

「危ないっ！」

危うく触手に搦《から》め捕《と》られるところだったアズキーナを、間一髪のところでピーチが抱きかかえ、難を逃れる。

「タルトたちは下がってて！」

ピーチはそう言うと、ベリー、パイン、パッションに向き直り、

「いい、みんな！　久々に行くよ！」

三人が揃ってうなずく！

「クローバーボックスよ！　私たちに力を貸して！」

クローバーボックスのふたが開き、四つのハートが回転してクローバーの形になる。それと連動するかのように、四人のプリキュアの腰のリンクルンも光り輝き――！

「プリキュア・フォーメーション！」

四人のプリキュアは次々と横一列に並ぶと腰を下ろしてセットポジション！

「レディ、ゴーッ！」

ピーチのかけ声とともに、いっせいにフシアワーセめがけてダッシュする！

まずはじめにパッションが手にした赤いハートをパインに投げた！

「ハピネスリーフ、セット！　パイン！」

それをパインが走りながらキャッチして、

「プラスワン！　プレアーリーフ！　ベリー！」

さらに黄色いハートを足して今度はベリーに投げる！　キャッチするベリー！

「プラスワン！　エスポワールリーフ！」

さらに青いハートを足してピーチに投げる。

「ピーチ！」

最後にピーチがキャッチして、ピンクのハートをセット！

「プラスワン！　ラブリーリーフ！」

四枚のハートはクローバーの形になって巨大化し、それぞれ自分のハートに四人のプリキュアが立ち、フシアワーセ・ソバを中心に取り囲む！

「ラッキークローバー！　グランドフィナーレ！　はあああ――――――っ！」

見るまにフシアワーセ・ソバはジュエルに包まれ浄化されていく。

「しゅわしゅわ〜〜！」

今度こそ、元の蕎麦屋のお兄さんに姿が戻った。

「大丈夫ですか！」

変身を解いたラブたちが駆けつける。

「あ……ラブちゃんたち……」

蕎麦屋のお兄さんは次第に意識がはっきりしてきた。

「あ、あれ？　俺、いったい何を……」

「魔フィストに会ったんじゃない？」

美希のその一言で一気に記憶が甦《よみがえ》る。

「そうだ！　魔フィスト！　そいつが、つらいことを忘れて楽になれる魔法の言葉があるって言って……つらいこと？　俺のつらいこと……ああああっ！」

連想ゲームのように次々と記憶が甦っていく。この際、忘れてしまいたい記憶まで。

「そうだ……俺、思いきって告白して……そしたら、きっぱりすっきり断られて！　う、ううううっ！」

再び悲しみがこみ上げ泣き出す蕎麦屋のお兄さんを見て、ラブが納得する。

「不幸の原因は失恋だったんだ……」

見かねた祈里が慰める。

「ま、またすぐ他に好きなコができるわ、きっと！」

「ほんとに？」

「や、約束はできない、けど……」

「うわあああ――――ん！」

さらに駄々っ子のように泣き出すお兄さんを、美希が一喝する。

「大の男がわーわー泣かない！　子どもか！」

そんななか、ふとせつなは野次馬の中に気になる人物を見つけた。

「あの男……」

イルカのキーホルダーをつけたショルダーバッグの男だ。

男はせつなに見られていることに気づくと、そそくさと去って行った。

気づいたラブがせつなに声をかける。

「どうしたの、せつな？」

「イルカのキーホルダーの男がいたの……」

「え？　あ！　知ってる！　ミユキさんがフシアワーセになったときも現場にいたよ！」

「それだけじゃないわ。あの男、毎回フシアワーセが出現した現場に必ずいるのよ」

「えっ？　そうなの⁉」

鋭い眼差《まなざ》しでせつながつぶやく。

「あの男が何か知っているかもしれない……」

その翌日。

学校帰りのラブ、美希、祈里、そしてせつなの四人は、カオルちゃんのドーナツカフェに集まっていた。話題は愛実先生のことだった。

美希がドーナツを頬張りながらラブに訊ねる。

「それでその愛実先生は、今日も学校を休んだの？」

「うん……このまま欠勤が続くと、臨時の先生に担任が代わっちゃうかもしれないって」

祈里がドーナツを食べる手を止めてつぶやいた。

「婚約者にフラれたんだとしたら、無理ないかも……」

つぶやいてから、ふと皆の視線が自分に集まっていることに気づいた。

「え？」

「そういうもんなの？」

ラブに聞かれて、祈里は急に顔を真っ赤にしてあわてて言い訳する。

「あ、ううん！　わかんない！　私、そんな経験ないし！　ただちょっとそう思っただけで……そうなの？　美希ちゃん？」

いきなり振られて美希も焦る。

「ちょ、ちょっと！　あたしに聞かないでよ！　そういうことはせつなが……」

「なんでよ！」

せつなもあわてて言い返す。

だが四人は、ここにもう一人――しかもその手の話題にはうってつけの人物がいることに気づき、声を揃えて聞いてみた。

「どうなの？　カオルちゃん！」

「ぐは！」

いきなり聞かれてカオルはたじろいだが、

「ま、人生いろいろ。ドーナツもいろいろってね！」

「うん、それ前に聞いた！」

ラブが突っ込む。

「理由なんて本人しかわからないもんよ？」

カオルはドーナツを手にとって、

「ここにもさ、いろんな人がドーナツ買いに来てくれるけど、その理由なんておじさん知らないじゃん？　おじさんができることは、みんなが思わず笑顔になるようなおいしいドーナツを作ることだけ！　だからキミたちにもできることがきっとあるんじゃない？」

「あたしたちにできること……うん、そっか！　そうだよねっ！」

ラブは笑顔になって立ち上がり、

「あたし、これから先生の家に行ってくるよ！　何かできることがあるかもしれないから！」

「じゃ、これ持っていきな！　つまらないものですが、ってヤツ！　ぐは！」

カオルが、ドーナツがたくさん入った袋を渡す。

「ありがと、カオルちゃん！」

ラブは袋を受け取ると、一目散《いちもくさん》に走り去っていく。

そんなラブを見て美希が思わず微笑む。

「ほんと、他人のことになると夢中なんだから……」

ラブは以前に一度だけ、愛実先生のマンションに行ったことがあった。

駅から少し離れた住宅街の中にあり、築年数もそれなりに経っていそうだ。入り口もオートロックではない。

よく愛実先生は、

「マンションって言ってるけど、アパートに毛の生えたようなものよ」

と言っていたが、そもそもラブはマンションとアパートの違いがよくわかっていなかった。

三階までエレベーターで上がる。

先生の部屋は廊下の突き当たりだ。

ドアチャイムを鳴らす。一回、二回……。

中からは何の返事もなかった。留守なのかとあきらめかけたとき、ふいに背後から呼びかけられた。

「桃園さん……」

振り返ると、コンビニの袋を下げた愛実先生が立っていた。

「さ、どうぞ。入って」

「あ、先生。これ！」

ラブはカオルちゃんから差し入れされたドーナツを愛実先生に渡す。

「ありがとう！　今、紅茶入れるわね」

愛実先生はキッチンに行き、お湯を沸かし始めた。

愛実先生の部屋は１ＤＫで、さほど広くはないがよく片付けられていた。ぬいぐるみ的なものはなく、全体にモノトーンな色合いで大人っぽい雰囲気がある。

ベッドの隣のスペースにガラスの丸いテーブルがあった。

テーブルの上には、テレビとエアコンとＤＶＤのリモコンがきちんと揃えて並べられていた。先生は案外几帳面《きちょうめん》なんだなとラブは思った。

「狭いけど、適当に座っててね！」

言われるままに、ラブは空いている場所に座る。

まもなくして、愛実先生がトレイに紅茶とドーナツをのせて来た。

特に普段と変わらない愛実先生の様子に、ラブはひとまずほっとした。

「でも先生、思ったより元気そうでよかった！」

「元気そうに見える？」

笑顔のままで愛実先生が聞くので、思わずラブが聞き返す。

「ほんとは、その……元気じゃないの？」

「あはは！」

今度は愛実先生は声を出して笑った。

「ストレートに聞いちゃうんだ。すごいね」

「あ、ごめんなさい。でも……」

「学校、ずっと休んじゃってゴメンね……」

「どこか、具合悪いんですか？」

「ええ……そんなとこ」

愛実先生は伏し目がちにそれだけ言うと、紅茶をすする。

「あのさ、先生……もし、あたしになにかできることがあったら、言ってね」

「フフ……」

愛実先生は寂しく微笑んだ。

「ほんと、桃園さんはおせっかいなのね」

「え……」

思いもかけない返答にラブはとまどう。

「でも、当然かもね。だって桃園さんは、みんなの幸せを守るキュアピーチだもの」

ラブは思わず食べていたドーナツを吹き出しそうになった。

いや、ちょっと吹き出した。

「ど、どうしてそれを……」

「え？　そんなの、この町内の人はみんな知ってるわよ」

愛実先生は、テーブルに飛んだドーナツのかけらを拭き取りながら言った。

（そうだった……）

以前にラブたちはプリキュアの決まりを破って、クローバータウンストリートの人たちの目の前でプリキュアに変身したことがあった。ことさらに商店街の人々が言いふらしたということはないだろうが、町内の人が買い物をしにくる商店街だ。自然と噂が町全体に広がるのにさほど時間はかからなかった。

だがラビリンス総統メビウスを倒してからというもの、この一年間一度もプリキュアに変身したことはなかったので、町の人々もラブたち本人も、そのことをすっかり忘れていたのだった。

(でも、またあたしたちはプリキュアに戻った……)

忘れていた町の人々もきっと思い出すだろう、愛実先生みたいに。そしたらちょっとした有名人だ。

美希たんやブッキーはどうなんだろう? サインとか求められてないだろうか……などと、つい、ラブはのんきなことを考えてしまった。

「桃園さん、すごいね……」

「え?」

「他人の幸せのために戦うなんて、本当にすごいと思う……」

「いやあ、そんなあ～」

思わず照れる。

「私なんて、自分の幸せすらつかめないでいるのに……」

寂しげな顔でつぶやく愛実先生を見て、一瞬でも素直に照れてしまった自分が恥ずかしくなった。

(もう！　あたしのバカ！)

愛実先生を励ましに来たのに逆にほめられて素直に喜び、肝心の先生を落ち込ませてどうする！

ラブは何とか空気を和まそうと、美味しそうにドーナツを頬張った。

「うーん、幸せっ！　カオルちゃんのドーナツ、ほんといつ食べてもおいしーっ！　どんな嫌なことがあっても、すぐ忘れて笑顔になっちゃう――っ！　ねっ、先生も食べてみて！」

笑顔でドーナツをすすめるラブを愛実先生はまぶしそうに見て、再び視線を落とす。

「みんながみんな、あなたみたいに強いわけじゃないの……」

「愛実先生……」

愛実先生の心の闇は想像以上に深いのだとラブは感じた。

会話が途切れ、ラブはふと視線を泳がす――、すると、ある物がラブの視界に飛び込んだ。

(イルカのキーホルダー！)

テーブルの端に置かれた愛実先生の財布。

そこに、フシアワーセが現れた場所に必ずいるあの男と同じ、イルカのキーホルダーがついていたのだ。

（どこかで見たと思ったんだ！）

ラブは思い出した。

先日、愛実先生と進路相談をしたとき、購買部の自販機で先生がジュースをおごってくれた。

あのときに先生の財布についていたイルカのキーホルダーを見ていたんだ！

ラブの視線に気づき、それが自分の財布についたキーホルダーに向けられていると知った愛実先生は、聞かれてもいないのに話し出す。

「ああ、そのキーホルダーはね、婚約者からもらったものなの」

「えっ！」

思いもかけない言葉に、ラブは思わず驚いた。

（じゃ、じゃあ……フシアワーセが現れると必ずいるあの男は……愛実先生の婚約者～～っ⁉）

「正確には、元婚約者……だけどね」

「ウグッ……！」

今度はドーナッツを吹き出さずに……喉につかえてしまった。

「だ、大丈夫⁉」

ラブは急いで紅茶で流し込む。

「じゃあ、やっぱり……婚約者と別れたって噂は……」

「本当よ。フフ、もう噂になってるんだ……」

「あ！　いえその……噂っていうか、ちょっと……」

またよけいなことを言ってしまったと、ラブは後悔した。

だがそんなラブに愛実先生は笑顔で言った。

「今日は心配して来てくれて、ありがとう」

その言葉をきっかけに、ラブはマンションを後にすることにした。

玄関で靴を履くと、ラブは愛実先生に笑顔を向けて挨拶する。

「それじゃ、失礼します！」

「うん」

「また学校に来てください。みんな待ってますから」

「うん……」

愛実先生も笑顔で答えた。

その笑顔は今日一番の笑顔だった。

ラブはちょっと安心して部屋を出る。

実際、愛実自身もラブに会って少しだけ心が晴れた気がした。確かにいつまでもふさぎ込んでばかりはいられない。早く学校に行けるようにならなくちゃ……そう思い始めていた。

だが、そんな愛実の背後に、黒い靄《もや》が漂っていた……。

日曜日。

美希はラブの家に向かっていた。

これから皆で、魔フィストとフシアワーセへの今後の対応策を話し合うことになっているのだ。

するとふいに背後から車のクラクションが鳴った。思わず立ち止まって振り返ると、運転席の窓が開き、美希のよく知る人物が顔を出した。

「ちょっと話があるんだ……」

「あたし、ラブんちに行くところなんだけど……」

「時間は取らせないよ。すぐ済むから」

「わかったわ」

美希はそう言うと助手席のドアを開けて、乗り込んだ。

ラブの家では、父、圭太郎がリビングで週刊誌を読んでいた。

そこへ、あゆみがお茶を持ってくる。

「はい、あなた」

「ちょっと、これ見てごらん」

「どうしたの？」

圭太郎が差し出した週刊誌の記事を、あゆみがのぞき込み見出しを読む。

「探偵ペットスクープ、番組終了の危機……え？　この番組って……」

「そうだ。前にうちのタルトを〝へそのないフェレットっぽいもの〟だと強引に取材しようとした、あの番組だよ」

それは、アニマル吉田《よしだ》というタレントが司会を務める動物バラエティ番組で、以前、番組の視聴率低迷を憂いたアニマル吉田が、スクープを手に入れるためにタルトをさらおうとしたことがあった。だがラブにタルトは大切な家族だと言われ、アニマル吉田はそれが大切な家族を引き離す行為だったと気づき、反省したのだった。

それ以来、動物に優しい家族で楽しめる番組へと路線変更していったのだが、皮肉にも視聴率は伸び悩んだままで、ついに番組が終了しそうだという記事だった。

「それでもあれから一年続いたんだ、終わるのも仕方ないんじゃないか？」

圭太郎は週刊誌を閉じると、ふと天井を見上げる。

先ほどから、何やら二階のラブの部屋がにぎやかだ。

「誰か来てるのか？」

「ああ、いつものみんなよ。でも、美希ちゃんはまだみたいだけど」

するとタイミングよく、ピンポン！　とドアチャイムが鳴る。

「あら、噂をすれば、かしら」

あゆみは急いで玄関に行きドアを開けると、予想通り、美希だった。

「おじゃまします！」

「どうぞどうぞ！　みんな待ってるわよ！」

「あら、残念ねえ……」

「だからね、その婚約者が……」

集まった、祈里、せつな、タルト、シフォン、アズキーナにラブが説明しているところに、ドアが勢いよく開いて美希が現れた。

「遅くなって、ごめん！」

「もー！　遅いよ、美希たん！」

ラブが口をとがらす。

「美希ちゃんが遅れるなんて珍しいね」

祈里は美希に小声で訊ねた。

「何かあったの？」

「ううん、別に……」

せつながここまでの流れをかいつまんで美希に説明する。

「今、話してたんだけど……ラブの話だと、例のイルカのキーホルダーの男、愛実先生の婚約者だったみたい」

次いでタルトが説明する。

「それでや、一連の流れから考えて、その婚約者が魔フィストやないかって話になったんや！」

「なったんやー！　キュアー！」

シフォンがタルトの語尾をマネして繰り返す。最近、シフォンの中で流行《はや》っているらしい。

「で、もしそうだとしたら、次に狙われるのは愛実先生じゃないのかなって……」

そこまで言ってラブは、美希が上の空であることに気づく。

「美希たん、聞いてる？」

「え？　あ……ごめん！」

「顔色があまりよくありまへんけど、どこか具合でも悪いんと違います？」

アズキーナまでが心配して、美希に訊ねる。

「ううん！　ごめん、なんかぼーっとしちゃって！」

美希は、ペロッと舌を出して謝った。

「だから、今度その婚約者を捕まえて正体を暴いてやろうって話してたんだよ！」

ラブの後に、せつなが続ける。

「絶対また現れるはず……そのときがチャンスね」

「そうね……うん、わかった」

うなずく美希。

だが、祈里は今一つ気が入っていない様子の美希が気になった。

（どうしたのかな、いつもの美希ちゃんらしくない……）

そんなラブたちのミーティングを部屋の外から——空の上に浮かんで見ている、魔フィストがいた。

「プリキュアめ、どこまで私の邪魔をする……だがまあいい」

魔フィストはニヤリと微笑んだ。

「おまえたちの弱点を見つけたぞ」

魔フィストは、マントを翻《ひるがえ》し去っていく。


ある日のこと。

学校から帰る途中の祈里は、前方から美希がやってくるのに気がついた。

「あ、美希ちゃん……！」

思わず手を振り駆け寄ろうとした祈里だったが、美希のほうは気づかず、横道に入っていく。それは美希の家の方角とは違っている。

祈里はあわてて後を追った。

「美希ちゃ……」

再び声をかけようとして祈里は言葉を飲んだ。美希の様子がどうも変なのだ。

いつものように背筋を伸ばして颯爽と歩いているのではなく、心なしか前屈《まえかが》みで周囲を気にしながら足早に歩いている。

あのラブの家でのミーティングの日から、美希の様子がどうもおかしいと祈里は感じていた。何か常に考えごとをしていて、心ここにあらずという感じなのだ。

美希は、とある喫茶店の前で立ち止まると制服のまま中へと入っていく。

「喫茶店に……」

引き返さなきゃと祈里は思った。親友にだって当然プライバシーはある。

ここから先は行ってはいけない。頭ではそうわかっているのだが、それよりも友を心配する思いのほうがわずかに勝った。

それくらい美希は挙動不審に見えた。

祈里は制服のまま喫茶店へと入っていった。

一瞬、どうか先生にバレないように！　と祈りながら。

おそるおそる店内を見回すと、美希は奥のテーブルにこちらに背を向けて座っていた。

向かいの席には大人の男性が座っているようだが、美希の陰になっていて顔は見えなかった。

「男の人と一緒だわ……」

祈里はドキドキと高鳴る胸の鼓動を意識しながら、気づかれぬように近くの席に腰かけた。そこで初めて相手の顔が見えた。ダンディないでたちのその男性は、祈里の知っている人物だった。

「あの人は確か……美希ちゃんのお父さん！」

その男性は美希の父、一条克彦《いちじょうかつひこ》だった。

今は離婚して、美希の弟の和希《かずき》と一緒に暮らしている。

音楽プロデューサーをしていて、その業界では名の知れた人だ。

「ちゃんと今でもお父さんと会ってるんだ……」

美希はただ実の父親と喫茶店で待ち合わせていただけだった。祈里は勝手にいろいろ想像して後をつけてきた自分がおかしくなって、ウェイトレスが注文を取りに来る前に席を立とうとした。

だがそのとき、耳に飛び込んできた一条の言葉に祈里の動きが止まった。

「パリ行きの件、もう一度考え直してみる気はないか？」

（パリ……？）

ウェイトレスが注文を取りにやってきた。

祈里は仕方なくパインジュースを注文した。

美希は黙っている。

（え……パリ行きってどういうこと？　私、そんな話、聞いてないよ……！）

そんな祈里の心の声が聞こえたかのように、一条が美希を説得する。

「美希がママのことを気にかけているのはわかる。でもこれはまたとないチャンスなんだよ！」

一条の話をまとめると――パリでモデル事務所をやっている一条の知人から、中学を卒業したらウチでモデル修業をしてみないかと美希が誘われているらしい。

普通に考えたら、かなりいかがわしい話だと祈里は思ったが、一条は一流の音楽プロデューサーだ。きっとその知り合いというのも一流のモデル事務所の人なのだろう。

(すごい……！　美希ちゃん！)

祈里はまるで自分のことのようにドキドキしていた。のどもカラカラだ。祈里はいつのまにか来ていたパインジュースを一気に飲み干した。

だが、そんな祈里の耳に飛び込んで来た美希の返事は、祈里が想像もしなかった一言だった。

「もう、モデルには興味がなくなったの」

(え……)

祈里は驚きのあまり動けないでいた。

「だからもうこの話はおしまい！　じゃあね！」

「待ちなさい、美希！」

だから美希が父親が引き留めるのも聞かず席を立ち振り返ったときも、祈里はストローを持つ指ひとつ動かすことができず、ただじっと美希の顔を見ているだけだった。

「ブッキー……」

「あ……えっと……」

驚きの顔で立ち尽くす美希に何かうまい言い訳をと思う祈里だったが、思い浮かんだのはこんな言葉だった。

「わ、私も今、出るところだったから……」

喫茶店を出て、二人で歩く美希と祈里。

あきらかに、気まずい空気。

「ごめんなさい。盗み聞きするつもりはなかったんだけど……」

「パパと会ってたことはママには黙っててね」

「うん、わかったわ」

そしてまた沈黙。

祈里が話したいのはそんなことではなかった。でもそれを口にするのははばかられた。

美希が自分で決めたことを他人の自分がとやかく言う権利はない。いくら親友でも美希の将来は美希のものなのだから。

（でも、ウソよ！）

祈里は心の中で叫ぶ。

（美希ちゃん、自分をごまかしてる！）

美希がモデルに関心がなくなったなんてことあるわけがない。でももしパリに行ってしまったら、お母さんが一人ぼっちになってしまうから……だからお父さんの話を断ったんだ……そう祈里は確信している。

（ほんと、美希ちゃんらしいんだから……）

そんな祈里の思いとは裏腹に、いつもより若干饒舌《じょうぜつ》な美希が祈里に話しかける。

先日のラブの家でのミーティングの前、突然現れた父親の車に乗せられて、パリ行きの話を切り出されたのだという。

「ほんとパパにも困ったもんよ！　ずっと和希の面倒ばっかみて、あたしのことなんかほったらかしだったのに、急に『パリに行け』だなんてさ！」

「そ、そうね……困っちゃうよね」

「ねー！　ブッキーもそう思うでしょ？　大体もうあたし、モデルになんか興味なくなっちゃったし……」

そこが祈里の限界だった。

「美希ちゃん、自分に嘘《うそ》はつかないほうがいいと思う……」

「え……？」

一度言ってしまったら、もう歯止めがきかない。

「美希ちゃん、本当はパリに行ってモデル修業がしたいんでしょ！　隠したってダメ！」

「な、なによ、ブッキー？　そんなことないわ、あたし、ほんとにもうモデルなんて興味な……」

「ウソ！」

決壊したダムのように、祈里の口から次から次へと言葉が溢れる。

「バレバレだよ、美希ちゃん！　きっとお父さんにも！　だから美希ちゃんが断ってもあきらめずにパリ行きをすすめてるんだよ！　美希ちゃんのお母さんだって、ちゃんと話せばきっとわかってくれるはず……」

「いい加減にして！」

美希がキレた。

「なんなのよ！　こっそり後をつけてきたと思ったら今度は説教？　一体何様のつもりなの？　これはあたしの問題でしょ！」

「ごめんなさい。でも……」

「優等生のブッキーにはあたしの気持ちなんてわからないのよ！」

そう叫ぶと、美希は祈里を置いて走り去っていく。

祈里は、引き留めることも後を追うこともできぬまま、ただじっとその場に立ち尽くすだけだった。

自分が悪いと思った。こうなることはわかっていたのに……だから黙っていようと思っていたのに……でも、我慢できなかった……。

「なんか私、ラブちゃんみたい……」

でもラブは持ち前の天真爛漫《らんまん》さで相手に不快感を与えない。

（それに比べて私は……）

祈里は思わず苦笑して――そして泣いた。


同じころ――。

学校帰りのラブとせつなが一緒に歩いていた。

ラビリンスに帰るため、学校を転校したことになっていたせつなだったが、久しぶりにクラスのみんなの顔が見たくなって、突然ラブにくっついて登校したのだった。

二年から三年に進級したがクラス替えは行われていなかった。

突然のせつなの来訪を、かつてのクラスメイトたちは大歓迎で受け入れた。

だが、そこに担任の工藤愛実先生はいなかった。

だから自然とラブとせつなの会話は、また、愛実先生のことになった。

「やっぱり、愛実先生、心配だよね……」

「そうね……あれから魔フィストは現れてないけれど……」

「あたし、これからまた先生んち行ってみようかって思ってるんだけど、せつなは？」

「そうね、わかったわ。私も一緒に……あ！」

そのときだ。

せつなは、道路をはさんだ反対の歩道を歩く愛実先生の婚約者に気がついた。

「ラブ、見て！」

「あ！　噂をすれば！」

「捕まえるにはいいチャンスかもしれない……」

「え？　こんな大勢人がいるところで？」

確かにそれも一理ある。

「ラブは先に愛実先生のマンションに行って！　私はあいつを尾行して、チャンスを見て捕まえるから！」

「え？　一人で大丈夫？　あいつ、魔フィストかもしれないんだよ？」

「私を誰だと思ってるの？」

せつなが珍しく、少しお茶目におどけてみせる。

「だね！」

「いざとなれば、ラビリンスに二人の助っ人《すけっと》もいるし」

せつなは、そう言って微笑むと、ちょうど信号が青になった横断歩道を渡って、男の後を追っていく。

再び愛実先生のマンションを訪れたラブはドアチャイムを押した。

ピンポーン……。

今度は一度目でドアが開き、愛実先生が顔を出す。

「こんにちは、愛実先生！」

「桃園さん……また来たのね」

愛実先生はどこか疲れている様子だった。

追い返されるかとラブは一瞬思ったが、先生はドアを大きく開けて招き入れてくれた。

「どうぞ。入って」

「ごめん、先生。今日は手ぶらで来ちゃったんだけど」

「いいのよ、気にしないで。ジュースでいい？」

愛実先生は冷蔵庫からオレンジジュースを取り出してコップに注ぐ。

「どうぞ」

「ありがとうございます」

ラブは早速、今日来た理由を話しだす。

「あのね先生、最近出没してるフシアワーセって怪物のことは知ってるよね？」

「ええ、もちろん」

「その怪物はね、魔フィストって悪いヤツが、その……弱ってる人を襲って怪物化した姿なの！」

ラブは「心が弱っている」と言いたかったが、「心は」は言わずにおいた。それくらいの気遣いはできる。

「それで……先生は大丈夫かなって、ちょっと心配になっちゃって」

「私が？」

「最近、何か変わったことはないですか？」

「変わったこと？」

愛実は少し考えて、

「ううん、別にないと思うけど」

本当は違った。

実は最近、ときどき記憶がなくなることがある。気がつくといつのまにか寝てしまっているようなのだ。

一度など、スーパーで買い物をしていて、気がついたら事務室に寝かされていたことがあった。店員の話だと、買い物途中で急に意識を失って倒れたのだという。

愛実は心労が原因だと思っていた。

そのことはラブには話さなかった。

そして、なんとなくラブの気遣いをうっとうしく思い始めていた。

「桃園さん」

「はい？」

「私もなるべく早く学校に復帰できるよう頑張るから、だから……もう、ほっといてくれないかな」

本音だった。

なのにラブは言うのだ。

「ほっとけないよ。あたしたちの大好きな先生だもの」

（ほんとにこの子は……）

そういうところがうっとうしいのよと思ったが、気がつくと涙がこぼれていた。

「先生、大丈夫？」

「ええ……ごめんなさい」

愛実は涙を拭くと微笑んで言った。

「今日はゆっくりしてってね」

そのころ、せつなは——。

一定の距離を置き、愛実先生の婚約者の後をつけていた。周囲に人がいなくなったところで、声をかけ問いただすつもりだった。

相手の出方次第では変身して戦うことになるだろう。

せつなは思わずリンクルンを握りしめる。

と、ふいに男が走り出した！

（バレた！）

あわてて後を追いかける。

男の足は意外と速かった。せつなはどんどん引き離されていく。

だがそれだけ必死に逃げるということが、彼が魔フィストであるという確信をせつなに与えた。

「逃がさないわ！」

せつなは走りながら、アカルンをリンクルンに差して叫ぶ！

「アカルン！」

次の瞬間、せつなが一瞬赤く光って姿を消した！　そして——、

「うわあっ！」

突然、男の目の前に瞬間移動で現れた。

「ひいっ！」

男は、あわてて別方向に逃げ出そうとする。

が、せつなはまた目の前に瞬間移動する。

「うわあっ！」

シュン！　と、シュン！　シュン！　シュン！

逃げても逃げても、そのたびに瞬間移動でせつなは目の前に立ちはだかる。

そして気づけば、男は袋小路に追い詰められていた。二人以外に周囲には誰もいない。

「もう逃げられないわ！　観念して正体を現しなさい！」

「ちょ、ちょっと待ってくれ！　いったい何の話だ？　君はいったい誰なんだ！」

「とぼけないで！　愛実先生を悲しませるなんて、許さない！」

「愛実先生……？　じゃあ、君は愛実の学校の生徒なのか？」

「だったら何だというの？　魔フィスト！」

「魔フィスト？　あの男を知ってるのか？」

どうも話が嚙《か》み合わない。

「落ち着いて聞いてくれ！　僕は魔フィストじゃない！　風間健太郎《かざまけんたろう》！　愛実の幼なじみだ！」

「愛実先生の幼なじみ？　でも婚約者なんでしょう？」

「それも違う！　いいかい？　君は何か勘違いをしている。お願いだから僕の話を聞いてくれ！」

どうも嘘を言っているようには見えなかった。

（ちょっとラブ！　話が違うじゃない！）

せつなは心の中でラブを恨んだ。


「まいどあり〜！」

最後の客がドーナツを買って帰ったのを見て、カオルはワゴン車に向かって声をかける。

「出てきていいぜ、兄弟！」

すると、ワゴン車の中からピョコン！　とタルトとシフォン、そして最後にアズキーナが顔をのぞかせた。皆、ドーナツを手にしている。

「ほな、遠慮なくいただくわ」

「いたーくわー！　キュアー！」

アズキーナも礼を言うと、一番にパクリ！　とドーナツにかぶりつく。

「う〜〜ん！　おいしおすな〜〜〜〜！」

うっとりと味わっている。

「とにかくな、アズキーナはんが四つ葉町に来たら、真っ先にカオルはんのドーナツ食べたい言うもんやさかい、連れてきたんや！」

「嬉しいこと言ってくれるねえ～！　んじゃ、おじさん、ドリンクサービスしちゃう！」

　タルトもドーナツを一口食べると、アズキーナを見て苦笑して、

「あれやな、アズキーナはんが一緒に来たがったのは、ワイと離れとうなかったからやなくて、ほんまはカオルはんのドーナツが食べたかったからちゃうの？」

「そんなことあらへん！」

　アズキーナは、思わずムキになって否定すると、恥ずかしげに頬を赤らめて、

「ドーナツは二番め……一番好きなんは、タルト様どす……」

「アズキーナはん……」

「タルト様……」

　タルトとアズキーナは、シフォンやカオルがいるのも忘れて、二匹の世界に浸っている。

「相変わらず、お熱いねえ……結婚しちゃえば？」

　そんな二匹を見て、カオルが微笑む。

「おじさん、仲人《なこうど》してあげる！　奥さんいないけど！　ぐはっ！」

　アズキーナは、はっ！　とカオルがいることを思い出し、みるみる顔を赤らめる。

「もう、いややわ～～！　カオルはんのいけず！」

　恥ずかしさに耐えられず、ワゴン車から飛び出して逃げていってしまう。

アズキーナは公園の端まで走っていった。するとふいに目の前に人影が現れる。

あわてて立ち止まり見上げると——フードを目深に被った黒マントの男が立っていた！

「!!」

「なんや、照れとるで」

「とるでー！　キュアキュアー！」

タルトとシフォンが、おもしろがっていると——。

「きゃあああ————っっ！」

ふいにアズキーナの悲鳴が聞こえて、はっ！　となる。

「アズキーナはん⁉」

黒マントの男はアズキーナをマントの中に抱き込むと、バイクに乗って走り去る。

だがいち早く駆けつけたカオルが、バイクの前に立ちはだかった！

「ちょーっと待った！　そいつは俺の兄弟の許嫁《いいなずけ》……とっとっと！」

危うくバイクにはねられそうになって身をかわす。

その隙にアズキーナをさらったバイクは走り去っていく！

「タルト様――――っっ！」

「あああっ！　アズキーナは――――んっっ！」

タルトが血相を変えて追いかけるが、バイクはあっというまに見えなくなった。

アズキーナをさらってバイクで逃げる、黒マントの男。風圧でフードが脱《ぬ》げて、その顔があらわになる。

その正体は、アニマル吉田だった。

（しゃべるシマリスっぽいもの……こいつがいれば、視聴率は一気に上がる！　番組も打ち切りにならずにすむ！）

カオルはワゴン車でバイクの後を追いかける。タルトとシフォンも一緒だ。

だが、ドーナツカフェをかたづけるのに時間がかかり、バイクを完全に見失っていた。

「あかーん！　バイク、どこにもおらへんや――ん！」

半べそをかきながら叫ぶタルトに、カオルはニヤリと微笑んで、

「焦るな、兄弟」

ポチッ！　とカーナビのボタンを押すと――ピッ、ピッ！　と赤い点が現れ、地図上を移動していく。

「ほーら、見つけた！」

実はカオルは、バイクにはねられそうになったとき、身をかわしながらバイクに小型発信器を取り付けたのだった。

「ほんま……カオルはん、何者やねん……」

そのころアニマル吉田のバイクは、ゆるいカーブをかなりのスピードで走っていた。

すると、アズキーナがマントの中から這《は》い出してきて、何とか逃げようともがき出す。

「こら！　暴れるんじゃない！　あぶないから！」

だが、おとなしくなるどころか、なんとアズキーナはハンドルを握るアニマル吉田の腕にガブリ！　と噛みついた！

「いたあ――っ！」

その拍子にバイクはバランスを崩し、カーブで横転！

アズキーナとアニマル吉田は、宙に吹っ飛ばされた！

カオルのワゴン車が到着したときには、ちょうどアニマル吉田が救急車に乗せられて去って行くところだった。

警官が交通整理をしたり、大破したバイクの写真を撮ったりと忙しく動き回っている。

「ああっ！　アズキーナはんは？　アズキーナはんはどこや！」

タルトは必死になって周囲を見回す。

「も、もしかしたら、あのバイクの下敷きに……」

「縁起でもないこと言わんといて！」

ふいに背後で声がして振り返ると――アズキーナがいた！

「アズキーナはん！」

「タルト様！」

ひしっ！　と抱き合う、タルトとアズキーナ。

そんな二匹を見て、カオルが微笑む。

「だから、おじさんが仲人に……」

言いかけて、シフォンに振り返ると、

「一緒に、やる？」

「キュア――ッ！」

意味がわかっているのかいないのか、シフォンは大喜びで跳ねまわる。


その日の夜。

祈里は美希の家に向かった。昼間のことを美希に謝るためだ。

行ってみると、ちょうど美希の母のレミが美容院を閉めているところだった。

「あら、祈里ちゃん！」

「こんばんは……」

いつものように明るく声をかけてきたレミを見て、祈里はレミがまだ美希から何も聞かされてないのだと思った。

いやそれとも……ふいにもう一つ別の予感がして、レミに訊ねる。

「あの、美希ちゃんは……」

「それが、まだ帰って来ないのよー、てっきり祈里ちゃんたちと一緒なのかと思ってたんだけど」

予感が的中したと祈里は思った。

「もう帰って来ると思うから、上がって待ってれば？」

(でも……美希ちゃんが帰ってないのは、きっと私のせいだ……)

自分がつい、美希の感情を逆なでするようなことを言ったから……そう思うと祈里は、今すぐにでも美希に会って謝りたいという思いが募り、レミの申し出を断った。

「いえ……別に大した用でもないので……今日はこれで失礼します」

「そう？　じゃあ、気をつけてね」

「はい！　ごきげんよう」

祈里は、丁寧にお辞儀をして立ち去っていく。だが角を曲がってレミの視界から消えたとたん、全速力で走っていた。

祈里には一ヵ所だけ心当たりがあった。

（美希ちゃんが行くとしたら、たぶんあそこしかないと思う……！）

それは、皆でダンスの練習をしていた、いつもの公園だった。

そして——、

「えっ？　もうこんな時間⁉」

愛実先生のマンションでは、すっかり長居してしまったラブがあわてて帰りじたくを始めていた。

だがそんなラブを愛実先生は引き留める。

「あら、せっかくだからご飯食べていきなさいよ」

「え？　でも……」

「遠慮することないわ。おうちには私から連絡してあげるから。ね！　こう見えて私、お料理得意なのよ！」

ラブにはそんな愛実先生が、ムリして明るく振る舞っているように見えて、なんだかいたたまれない気持ちでいっぱいだった。

「あ……えっと……」

言葉を濁すラブを見て、愛実先生の顔から笑みが消える。

「……一人で食べたくないの」

その暗く沈んだ目を見たとき、ラブは決断した。

「じゃあ、お言葉に甘えて！」

「できるまで、桃園さんはちょっとテレビでも観てて！」

愛実先生は笑顔になり、キッチンに向かった。

「わあー！　愛実先生の手料理、たっのしみ～！　いったい何、作ってくれるのか……」

ドスン！

「え？」

ふいにキッチンから大きな音がして、ラブはあわてて振り返る。そして目の前の光景に思わず目を見開いた。

「愛実先生！」

キッチンで、愛実先生が気を失って倒れていたのだ。

「先生！　愛実先生！」

必死のラブの呼びかけにも反応しなかった。

走るカオルのワゴンの中。

落ち込んでいるアズキーナをタルトが励ましている。

「別に、アズキーナはんが落ち込むことあらへんのやで？」

「せやけど……事故起こしてケガさせてしもうたんは、ウチのせいや……。ウチが腕に噛みついたから……」

「せやけど、もともと悪いのはあいつのほうやし！」

「それに……ウチ、助けてもろうてん……」

「え？」

アズキーナの話では、バイクが横転して宙に吹っ飛ばされたとき、とっさにアニマル吉田がアズキーナを捕まえて懐に抱き込んで、ガードレールに激突したのだという。

アニマル吉田の身体がクッションになったため、アズキーナは無傷だったのだ。

「そうやったんか……」

それを聞いていて、タルトのアニマル吉田に対する怒りが少しやわらいだ。

「ウチ、心配やわ……タルト様、これからお見舞いに行かへん？」

「せやな……」

「ま！　つみれ煮込んでひもの煮込まずって、昔から言うしね！」

「は？　なんやねん、それ」

「罪を憎んで人を憎まずとも言うけど！　ぐは！」

そう言ってカオルはハンドルを切る。

ワゴン車はギャギャギャギャ！　とUターンして、アニマル吉田が搬送された病院のほうへと行き先を変えた。

美希は祈里の予想通り、いつもの公園のステージに座り込んでいた。

本当はカオルちゃんに話を聞いてもらいたかったのだが、美希が来たときにはもう、ドーナツカフェは閉店していて、カオルちゃんのワゴン車もそこにはなかった。

街灯の明かりの下、美希もまた昼間の出来事を反省していた。

（ブッキーは、あたしのことを心配してくれてただけなのに……）

なぜあんなふうに祈里にキレてしまったのか、美希には痛いくらいにわかっていた。

祈里の言ったことがすべて事実だったからだ。

（その通りよ、ブッキー……）

美希がモデルになる夢をあきらめたことなど、これまで一度もなかった。

だが中学三年に進級し将来の進路が具体性を帯び始め、それまで純粋に夢を追っていた美希も、否応なしに現実と向き合わされることになった。

そんなあるとき、レミが階段を踏みはずして足首を捻挫《ねんざ》し、一週間店を休まねばならないことになった。

「ドジねえ……あたしったら。もう歳かしら」

すっかり弱気になったレミは、冗談交じりに美希にこう言ったのだ。

「いっそ、美希がこの店継いでくれたら嬉しいんだけど」

これまでの美希だったら、

「なに言ってんのよママ！　ちょっと足くじいたくらいで弱音吐いちゃって！」

と叱咤《しった》するところだったが、その日の美希は違っていた。

それだけ将来のことを現実として考えていたからだろう。モデルになりたいといっても、では具体的に何をすればいいのか？　いざとなると急に非現実的なことに美希には感じられたのだ。

急に考え込んでしまった娘を見て、レミは笑顔でフォローした。

「やーね、冗談よ！　美希にはモデルになるって夢があるんだもん！　フフ、そんなマジにならないで、今の話は忘れてね！」

美希は、そんなレミが急にいじらしくなり、気がつけばこう答えていた。

「ううん、それはもういいの。あたしはずっとママと一緒よ」

言霊《ことだま》と言われる通り、一度言葉にして口に出すと、それがあたかも本当のことのように思えてくる。

(そう……それでいいんだ)

が、そんな矢先の、父・一条克彦からのパリ行きの話である。

正直、美希の心は揺らいだ。

夢だとあきらめていたモデルへの道が、急に現実味を帯びてきたのだから。

これがもしパパ以外のルートの話だったら、もっと素直にママに相談できていたかもしれない。

そしてブッキーの言う通り、きっとママもわかってくれると思う。

(それはわかってる。でも……)

そうすれば自分は結果として、ママよりパパを選ぶことになってしまう……そうしたらママはどう思うのか……そんなことを勝手に思い込んで悩んでいたのだ。

「あたし、全然完璧なんかじゃない……」

美希は頭を抱えてつぶやいた――そのとき。

「ククク……」

ふいに忍び笑いが聞こえ、はっ！　となって顔を上げた。

「だれ？」

見ると目の前に、黒マントの男が月明かりに照らされて立っていた。

「プリキュアの弱点……それはおまえだ、キュアベリー……」

美希は即座に立ち上がり身構える。

「さては、魔フィスト⁉」

「その通り……我が名は、魔フィスト！」

そう言うと魔フィストは目深に被ったフードの奥から、燐《りん》のように燃える目で美希を睨んだ。

そのとたん、美希の身体は金縛《かなしば》りにあったように動けなくなる！

（か、身体が……！）

「ククク……思った通りだ。おまえは心に闇を抱えている。もうこの私から逃れることはできない……」

（闇だなんて……そんなのないわ！）

必死に叫んだつもりの美希だったが、声にはならない。

「悲しいか？」

「はい……」

「苦しいか？」

「はい……」

自分の意思とは関係なく、従順な言葉が勝手に口をついて出る。

「二度と戻らない幸せを嘆き悲しむ苦しみ……その苦境から逃れ、楽になれる方法を私は知っている……」

「どんな方法ですか？　教えてください！」

（あたしの心が……操られていく！）

「魔法の言葉だ」

「魔法の……言葉」

「ただ一言、その言葉を口にすればいい。ただそれだけだ」

「教えてください！　その魔法の言葉を！」

必死に乞《こ》う美希を見て、魔フィストはフードの奥でニヤリと笑った。

「その言葉を、おまえはもう知っている……」

「！」

その瞬間、美希の脳裏に〝ある言葉〟が浮かんだ。

幸せなんかいらない――。

そんな美希の背中を押すかのように、魔フィストはまさに悪魔の囁きで、美希を闇の世界へと引きずり込みにかかる。

「さあ言え、心の苦しみから解放される魔法の言葉を！」

魔フィストはニヤリと勝利を確信した笑みをもらす。

（これでプリキュアの一人が闇に落ちる……）

だが美希は、うつむいたままこうつぶやいた。

「そんなこと……」

キッ！　と顔を上げ、闘志に燃えた目で魔フィストを睨む！

「そんなこと、言うわけないじゃない！」

魔フィストの顔から笑みが消える。

「なに……？　私に抗うだと？」

美希は大粒の汗を額に浮かべ、「はあ、はあ……」と息を荒らげながら――その手にしっかりとリンクルンを握っていた。

（リンクルンのパワーがなかったら、危ないところだったわ……）

「フン……小癪《こしゃく》な！」

「プリキュアをナメないで！」

美希はすかさず、リンクルンを操作して――、

「チェインジ！　プリキュア・ビートアー――ップ！」

魔フィストの前で変身した！

「ブルーのハートは希望のしるし！　つみたてフレッシュ！　キュアベリー！」

ただちに、キュアベリーと魔フィストの激しいバトルが始まった！

祈里は美希に会うために、いつもの公園へやってきた。

（きっと美希ちゃんはステージにいるはず……）

そう思ってステージまでやってきた祈里だったが、そこに美希の姿はなかった。

（いない？　そんなはずは……）

すると突如、茂みが動いて――、

「はああああっ！」

黒マントの男とキュアベリーが戦いながら飛び出してきた！

「ベリー！」

「はあっ！」

キュアベリーのキックをかわした男が、祈里に向かって突進してくる！

「チェインジ！」

祈里は男を避けると同時に、リンクルンを操作する！

「プリキュア・ビートアップ！」

とっさにキュアパインに変身するも、状況がいまいち把握できていない。

「ベリー！　これっていったいどういうことなの？」

ベリーがすかさず忠告する。

「気をつけて、パイン！　こいつが魔フィストよ！」

「えっ！」

ラブは突然キッチンで倒れた愛実先生に何度も呼びかけていた。

「先生！　愛実先生！」

だが愛実先生の意識は戻らない。

ラブは急いでリンクルンで救急車を呼んだ。

「もしもし！　救急車をお願いします！　場所は、えっと……」

「ダブル・プリキュア・キーック！」

ベリーとパインのダブルキックが、魔フィストにヒットする！

「むおっ！」

思わずひるみ、後ずさりする魔フィスト。

「ううっ……」

急に愛実先生がうめきだし、ラブはあわてて声をかける。

「大丈夫？　愛実先生！　今、救急車呼んだから！」

遠くから救急車のサイレンの音が近づいてくる。

魔フィストとキュアベリー、キュアパインのバトルは続く。

「たあっ！」

「やあっ！」

ベリーとパインは次々とパンチやキックを繰り出すが、魔フィストは右に左に巧みにかわすと、ニヤリと微笑む。

「フフフ……なかなかいいコンビネーションじゃないか。さっきまでケンカして落ち込んでいた仲とは思えないぞ」

「！」

ベリーとパインは思わず、はっ！　と動揺し、攻撃の手が一瞬止まった。

お互いがお互いを意識する。

その隙を逃さず魔フィストは、マントを翻して高らかに笑いながら逃げていく！

「わははははは！」

「あっ！」

「待ちなさい！」

あわてて、二人のプリキュアが後を追う。

愛実先生のマンションでは、ようやく救急車が到着し、救急隊員が手際よく愛実先生を運び出すところだった。

ラブが心配げに見守る中、愛実先生を乗せた救急車はサイレンを鳴らして去っていく。

「愛実先生……」

と、そこへ――キュアベリーとキュアパインが現れた。

「ラブ！」

「ラブちゃん！」

「えっ！　なに？　どうしたの⁉」

突然プリキュアの姿で現れた二人に、ラブは驚いて訊ねた。

「こっちに魔フィストが来なかった？」

「え？　魔フィストが⁉」

夜の街中をサイレンを鳴らして救急車が走っていく。

ストレッチャーに寝かされた愛実はまだ気を失ったままだ。

付き添いの救急隊員が搬送先の病院と無線で連絡を取り合っている。

そのときだ。

ふいに横合いから黒マントの人影が飛び出してきた！

「うわっ！」

運転していた救急隊員はすかさずブレーキを踏む。

救急車は道路の真ん中で急停車した。だがタイミングとしては完全にアウトだ。

運転していた救急隊員は外に飛び出すと、はねてしまったであろう黒マントの人物を探した。

だが、それらしき人影はない。

「おかしいなあ……あのタイミングじゃ、絶対はねたはずなんだけど……」

そういえば、はねた際の衝撃はなかったなと考える。

念のために救急車を調べてみたが、バンパーにもボディにもどこにもそれらしき傷はなかった。

気のせいだったのかと思い救急車に戻ってみると、付き添っていた救急隊員が愛実に声をかけていた。

「工藤さん、聞こえますか？　工藤さん！」

愛実がストレッチャーの上で目を開けていた。

「私……どうして救急車に……」


愛実先生のマンションの前で、変身を解いた美希と祈里がこれまでの出来事をラブに説明していた。

「そうなんだ、それで魔フィストを追って……え？　でも魔フィストが美希たんのところに現れたってことは……美希たん、何か悩んでるの？」

「それは……」

美希は言いかけてチラと祈里を見ると、気まずそうに再び目をそらした。

「え？」

「あのね、ラブちゃん……」

祈里が説明しようとしたとき――、

「ラブ！」

せつながやってきた。

「せつな！」

一人ではない。健太郎も一緒だ。

「えっ！　どうして愛実先生の婚約者と一緒なの？」

だがせつなはそれには答えず、緊迫した顔で逆にラブに訊ねる。

「愛実先生は？　先生はどこ⁉」

「え……今、救急車で病院に運ばれて行ったけど……」

ラブが答える。

「そう……」

せつなは険しい顔でうなずくと、一呼吸おいてからラブたちに言う。

「いい？　落ち着いて聞いて。魔フィストの正体がわかったの」

さらに、せつなの次の一言は、とりわけラブに衝撃を与えた。

「魔フィストの正体は、愛実先生だったのよ！」

「え……？」

ラブは一瞬、頭が混乱してよくわからなくなる。

「何言ってるの？　だって、愛実先生は女性で……」

「魔フィストは男の人でしょ？」

祈里が後を続ける。

そして美希も。

「そうよ！　わかるように説明して！」

「詳しい話は車の中でします。とにかく早く愛実の搬送された病院に急ぎましょう！」

突如、愛実先生の婚約者が話に割り込んできて、ラブたちはさらにとまどう。

そもそもなぜ、せつなと一緒なのか、その説明もまだだ。

「車はあっちよ！」

せつなにうながされるままに、ラブ、美希、祈里は走り出す。


助手席にせつな、後部シートにラブ、美希、祈里を乗せた健太郎の車が、夜の街中を走っている。渋滞もなく車は順調に流れている。健太郎は制限速度に気をつけながら、スピードを上げた。

「えっ、健太郎さんは愛実先生の婚約者じゃないの？」

「ああ、僕は彼女の幼なじみでね。幼稚園のころはよく砂場で遊んでたもんだ。大抵最後はケンカになって僕が泣かされていたんだけどね。ははは！」

健太郎は昔を懐かしむ目で笑った。

「幼稚園のころから……」

ラブは愛実先生の幼稚園のころを想像してみたが、うまくイメージできなかった。

「それで、婚約者にフラれたって聞いて、いろいろ相談にのっていたんですって」

助手席のせつなが補足する。

健太郎を袋小路に追い詰めたあと、どうも様子がおかしいと思ったせつなは、その後、健太郎から真実を聞いたのだった。

ラブは大輔の話を思い出し、

「それじゃあ、駅前の喫茶店で愛実先生が口論してた男の人っていうのは……」

「それはたぶん僕だ。なんかクラスの生徒に見られていたらしいね。うかつだった……」

そう言うと健太郎は、すでにせつなに話したこれまでのいきさつをラブたちにも語り始める。

その日、健太郎は駅前の喫茶店の窓側の席で、愛実と会っていた。特に窓側を選んだわけではない。そこしか空いていなかったのだ。

「だからもう、婚約者のことは忘れるんだ。いいね？」

「ええ……わかったわ」

席を立つ二人。

愛実がバッグから財布を出す。

ここはいいから、と健太郎がその手を止めようとして――愛実の財布にイルカのキーホルダーがついているのに目が留まる。

「それ、まだつけてたのか？」

「え？　あ……！」

愛実は無意識にキーホルダーを握って隠す。

そのキーホルダーは、愛実が初めて婚約者と行った水族館で、お揃いで買った想い出の品だった。

婚約者のことは忘れる――今、そういう話をしたばかりで、そのキーホルダーを見つけ、健太郎は少しいらだった。

「捨てろって言ったよな」

「うん、ごめん……捨てるから」

「今、はずせよ」

「え……」

愛実は躊躇《ちゅうちょ》する。

それが一層、健太郎をいらつかせた。

「だったら俺がはずしてやる」

健太郎がおもむろに愛実の財布を奪おうとした。

「やめて！」

とっさに愛実は財布を隠す。

「捨てるよ！　捨てるから！」

必死になって健太郎に訴える。

周囲の客が何事かと、二人を振り返る。


健太郎は赤信号で車を停めた。

「おそらく君たちの友達が見たっていうのは、そのときのことだと思うよ」

信号が青に変わり、車をスタートさせる。

「それから、愛実は少しずつおかしくなっていって……」

健太郎は、別の日の出来事を語り始める。

公園の自販機で健太郎が缶ジュースを買って戻ってくると、愛実はベンチに腰掛け周囲のカップルを眺めていた。

「はい」

ジュースを差し出してもまるで気づかぬように、愛実は周囲の幸せそうなカップルから目を離さない。

「どうして、私だけ……」

その日は暗く沈んでいて、

「みんな不幸になってしまえばいいのに！」

そのとき、愛実の背後に黒い靄が立ちのぼるのを健太郎は見た。

それは愛実の体内から染《し》み出たようにも見えた。

「黒い靄？」

後部シートで美希が思わず聞き返す。車はウインカーを出して右折する。

「ああ……そのときは目の錯覚か何かかと思ったよ。でもその後、決定的なことが起こったんだ……」

ハンドルを握る健太郎は、その日のことを思い出してわずかに顔を歪《ゆが》めた。

「その日は、海が見たいと言うので彼女をドライブに連れていったんだ……」

愛実は岩壁に立ち、海を眺めている。

健太郎が近づくと、暗い瞳で語り出す。

「彼から別れようって電話をもらった後でね、もう一度この場所で二人で会ったの……電話だけじゃ納得できなかったから」

「うん……」

「それでね、はっきりとフラれた……」

愛実は海を見つめたまま、寂しく笑った。

「そんな場所にどうして？」

健太郎が訊ねると愛実はバッグから財布を取り出し、イルカのキーホルダーをはずす。

「捨てなきゃ、捨てなきゃっていつも思ってた。でもいざとなるとどうしても捨てられなくて……」

愛実は財布をバッグに戻すと、キーホルダーを握りしめる。

「捨てるならこの場所だって思ったの」

「そうか……」

「見ててね、私、ちゃんと捨てるから」

「ああ」

愛実はキーホルダーを握った手を大きく振り上げる。

が、そのとたんに顔が歪み、両の目から涙が溢れた。振り上げた腕が振り下ろせない。

「う、うう……」

「捨てろ！　愛実！」

うながすつもりで叫んだ健太郎のその一言が、逆に愛実の心を折った。

「だめ！　できない！」

振り上げた腕はキーホルダーを海に投げ捨てることなく、力なく垂れ下がる。

「捨てるんだ！　それを捨てないと君は幸せになれないんだよ！」

励まそうとすればするほど愛実を追い詰めていることに、健太郎は気づかなかった。

もはや愛実の暗く沈んだ瞳には何も映っていないかのように思われた。

そんな絶望の眼でついに愛実は、禁断の言葉を口にする。

「だったら……幸せにならなくてもいい」

そのとたん、愛実の体内から黒い靄が噴き出した。今度ははっきりと！

「愛実！」


「幸せなんかいらない」

愛実はそうつぶやくと気を失ってくずおれる。

「愛実！」

健太郎が愛実に駆け寄ったそのとき！

黒い靄は人形《ひとがた》となり――黒いフード付きマントの男に姿を変えた。

「我が名は、魔フィスト」

そう言うと男はマントを翻し、跳躍する。

「それで、どうなったんですか⁉」

祈里が思わず身を乗り出して、健太郎に訊ねる。

「それから僕は気を失った愛実を車に乗せて、魔フィストの後を追ったんだ……」

助手席のせつなが後を続ける。

「そうしたら魔フィストはミユキさんの家に消えていって、数分後にフシアワーセが飛び出してきたんですって……」

ラブがうなずく。

「ちょうどあたしと美希たんが、ブッキーの家から帰ってるときだ……」

「僕はてっきり魔フィストが化け物になったと思って、車で後を追ったんだ……」

「フシアワーセー！　ダダダ、ダーンシーング！」

化け物は細長い腕をシュルシュル振り回しながら、商店街のほうへと移動する。

健太郎はハンドルを切ってその後を車で追いかけた。

だがパニックになって逃げてくる人々が道路いっぱいに溢れ、それ以上、車で追うのはムリだった。

健太郎は路肩に車を停めると、助手席に気絶したままの愛実を残して、逃げ惑う人々をかきわけながら化け物に近づいていく。

「なんなんだ……いったい何が起こってるんだ……！」

近づいてよく見ると、その化け物はカクカクと変なダンスを踊りながら逃げ遅れた人々を襲っていた。襲われた人々もまた化け物と同じように、カクカクと踊り始める。自分の意思とは関係なく身体が勝手に動き出しているようだ。

「愛実が、この化け物を生み出したのか？」

健太郎は沈痛な面持ちでその化け物をじっと見上げていた。

「そこは危ないですよ！」

ふいに声をかけられて振り向くと、中学生くらいの女の子が緊迫した顔で話しかけてくる。

「早く逃げてください！」

「あ……は、はい」

健太郎は逃げるようにその場を去ると、愛実を残した車へと戻ろうとした。

だが逃げ惑う人々の波にもまれて、なかなか車を停めた場所までたどり着けない。

そのときだ。

「チェインジ！　プリキュア・ビートアーップ！」

健太郎は三人の女の子がプリキュアに変身する姿を見た。

その中の一人はさっき声をかけてきた女の子だ。

(そうか……彼女がプリキュアだったのか……)

確かにあの化け物を止められるのは彼女たちしかいないかもしれない……もし本当にあの化け物が愛実の生み出したものならば、一刻も早くこの事態を解決して欲しいと思う。

健太郎は気がつくと声援を送っていた。

「がんばれ! プリキュアーーーッ!」


「そして、君たちプリキュアが化け物を倒したのを見届けてようやく車に戻ったら、愛実はいなくなっていたんだ」

一同を乗せた車は、愛実の搬送された病院のすぐ近くまでやってきていた。

「それからは、いくら電話やメールをしても返事がなくて……」

「それでフシアワーセが現れるたびに、愛実先生が近くにいるんじゃないかと思って、現場に駆けつけていたんですって」

助手席のせつなが付け加える。

「でも、フシアワーセは愛実先生が生み出したんじゃなくて……」

「ああ、聞いたよ」

美希が言う前に健太郎が答える。

「魔フィストが、不幸を感じていたり悩みを抱えている人の心の隙間につけ込んで化け物にしているんだろう？　だがその魔フィストを生み出したのが愛実なら、結局同じことだ……」

健太郎の顔が歪む。

「だからもうこれ以上、被害者を出してはいけないんだ！」

美希がつぶやく。

「病院には心に不安や悩みを抱えている人が大勢いるはず……」

「本当はそういう人たちに希望や勇気を与える場所なのに！」

祈里が憤る。そしてラブも！

「そんな患者さんたちを魔フィストが化け物に変えようとしてるんなら、絶対にやめさせなきゃ！」

「とりあえず手は打っておいたんだけど……」

せつながそう言いかけたとき、車はようやく病院に到着した。

ラブたちはひと目で異変に気づいた。

パニックになった大勢の入院患者や医師、ナースたちが、血相を変えて病院の中から逃げ出しているのだ。

「遅かったかっ！」

健太郎は苦渋の顔で車を停めると、運転席から飛び出していく。

ラブ、せつな、美希、祈里も急いでその後を追う。

逃げる人々の波に逆らい病院に近づくと、院内からフシアワーセの叫び声が聞こえてきた。

「フシアワーセー！　オダイジニー！」

「フシアワーセー！　シンサーツ！」

それも一体や二体の声ではない。

「ここから先はあたしたちにまかせて！　健太郎さんは危ないから下がっててください！」

ラブはそう言いながら、リンクルンを手に取った。

「行くよ、みんな！」

ラブ、美希、祈里、せつなは、リンクルンを構えて、病院内に飛び込んだ！

「チェインジ！　プリキュア！」

第三章

想いよ届け！　ラビング・トゥルーハート

ラブたちが病院に駆けつけるその少し前——愛実を乗せた救急車が病院に到着した。

救急車内で意識が戻った愛実だったが、念のため今夜一晩入院することとなったのだ。

（まただわ……）

病室のベッドに横たわり、天井を見つめながら愛実は考えていた。

（また、記憶が飛んでいる……）

愛実は思い出す——確か桃園さんがやってきて、それで……夕飯をご馳走するって話になって、キッチンへ行った……。

「桃園さんはちょっとテレビでも観てて！」

そう言ったのも覚えている。

だが、そこまでだった。

次の記憶は、救急車の中だ。

（私の中で、何かが起きている……）

愛実はついに今まで薄々感じていながら、怖くて気づかぬふりをしていた自分の秘密に向き合った。

すると頭の中で自分じゃない声が突然聞こえてきた。

「やっと自分と向き合う気になったようだな」

「あなたはだれ？」

「我が名は、魔フィスト……」

「魔フィスト……」

「そして、おまえ自身でもある……」

「私、自身……？」

「だから私は、おまえの考えていることがすべて手に取るようにわかっている……」

「ウソ！　適当なこと言わないで！」

抗ってみせる愛実だったが、同時に魔フィストの言葉が事実であることも直感的にわかっていた。

「おまえはこう思っているはずだ……なぜ、私だけが不幸なんだろうと」

図星だった。

さらに頭の中の声は、語りかけてくる。

「幸せな者もいれば同じ数だけ不幸せな者もいるのだ……全員が幸せな世界など幻想に過ぎぬ……」

愛実はだんだんと、頭の中の声と自分が同化していくのを感じた。

（そうだ……この声は私の声だ……）

「幸せになりたいか？」

「はい……」

「ならば、簡単なことだ」

「教えてください……」

もはや愛実と魔フィストは一心同体だった。

愛実は自問自答を繰り返しているのだ。

「教えてください……どうしたら幸せになれますか？」

「他に不幸せな者を作ればいいだけだ」

〝自分〟が答えた。


消灯時間となり、院内の灯《あか》りが消えた。

そんな薄暗い廊下を、ライトを手に巡回している二人の人影。

ウエスターの仮の姿＝西隼人《にしはやと》と、サウラーの仮の姿＝南 瞬《みなみしゅん》だ。

白衣姿で医師に扮装《ふんそう》した隼人がぼやく。

「ったくイースも人使いが荒いぜ……」

ウエスターはいまだにせつなのことをイースと呼んでいる。

「君はまだいいさ、なんとか医者に見える。だが僕はどうして……ナースなんだい？」

瞬はナースの格好をしていた。

「医者が二人で巡回するのは不自然だろ？」

「それを言うなら夜間巡回はナースだけだ。医者一人だって不自然だ」

「……って、本に書いてあったのか」

隼人がからかう。

二人は移動中のせつなから、自分たちが駆けつけるまでの間、愛実の様子を監視していてくれと頼まれて、ラビリンスから馳《は》せ参じてきたのだった。

隼人はまだ愚痴っていた。

「わざわざ俺たちを呼ばなくたって、得意の瞬間移動を使えば済む話じゃないか」

「あれは結構疲れるらしい。一日に何度もはかなりキツいそうだ」

「そうなのか？」

隼人は、昼間せつなが健太郎を捕まえるために、ショートレンジの瞬間移動を多用したことを知らない。

愛実の病室に着いた二人は、そっとドアを開けた。

室内は暗い。

すでに寝ているならば起こさぬようにと、足音を忍ばせて入室し、そっとライトの光をベッド付近に当てた。

その瞬間、二人の顔がこわばる。

「しまったっ！」

ベッドはもぬけの殻だった。

三〇五号室――。

そこは、バイク事故で骨折して運ばれた、アニマル吉田の病室だった。

身体のあちこちに包帯がぐるぐる巻かれていて痛々しいが、幸いにも見た目ほど骨折は大したことはなかった。

「はあ……」

今、アニマル吉田は猛烈に反省していた。

なぜ、あんなことをしてしまったのかと。

一年前、番組の視聴率欲しさにタルトを手に入れようとしたとき、それが家族を引き裂く行為に等しいと気づいて、もう二度とそんなことはしないと誓ったはずだった。

それなのに――。

蕎麦屋のお兄さんがフシアワーセ・ソバにされて山林地帯で暴れていたとき、アニマル吉田は野生動物の生態の撮影で、偶然プリキュアが戦っている現場に居合わせていたのだった。

そしてそこで、アズキーナがしゃべっているところを目撃したのだ。

「さ！　ピーチはん、これを！」

それは、アズキーナがキュアピーチにクローバーボックスを渡しているところだった。しゃべるシマリスっぽいものは、へそのないフェレットっぽいものなど比べものにならないくらいの大スクープだ。

しかも相変わらず番組の視聴率は悪く、ついに打ち切りになるかという現状に、アニマル吉田は二度としないと誓ったにもかかわらず、つい、アズキーナを手に入れようと考えてしまったのだ。

そして、あの公園のドーナツカフェによく現れるという情報を得て、数日間ずっと物陰に隠れてアズキーナが来るのを待っていたのだった。

魔が差したとしか思えない——アニマル吉田は、そんな自分が情けなくて落ち込んでいた。

（いよいよアニマル吉田も地に落ちた……最低だ！）

と、そのとき！

「え……？」

ふと気づくと、部屋の隅に入院患者らしい女性が立っている。

「あの……部屋、間違えてますよ」

だがその女——愛実は、男の声でこう言った。

「我が名は、魔フィスト……」

「魔フィスト……？」

　アニマル吉田はこれまでの被害者と同様、魔フィストに睨まれたとたん心を操られてしまった。

「二度と戻らない幸せを嘆き悲しむ苦しみ……その苦境から逃れ、楽になれる方法を私は知っている……」

「どんな方法ですか？　教えてください！」

「魔法の言葉だ。ただ一言、その言葉を口にすればいい」

「教えてください！　その魔法の言葉を！」

「その言葉を、おまえはもう知っている……」

「！」

　その瞬間、アニマル吉田の脳裏に〝ある言葉〟が浮かんだ。

「幸せなんかいらない」

　アニマル吉田がそうつぶやいたとたん、魔フィストの力でアニマル吉田は全身包帯ずくめの、フシアワーセ・ミイラに姿を変えていた。

医師姿の隼人とナース姿の瞬が、病院内を愛実を探して走っている。

「くそっ！　どこに行きやがった！」

そのとき、女性の悲鳴が聞こえた。

「あっちだ！」

瞬が声のしたほうを指さし走り出す！


「フシアワーセー！　マミ──！」

全身包帯ずくめのフシアワーセ・ミイラが、腰を抜かしていざっているナースに襲いかかろうとしている。

「だ、誰かああ──っ！」

そこへ、隼人と瞬が駆けつけた！

「ゆくぞ、ウエスター！」

「おう！」

「スイッチ・オーバー！」

隼人と瞬は医師とナースからウエスターとサウラーの姿に戻ると、フシアワーセとナースの間に飛び込んでいく！

「サウラー！　ここは俺にまかせて、この人を連れて逃げろ！」

「ああ！」

サウラーは腰を抜かしたナースを抱き上げて走り出す。

ナースの敬子《けいこ》は一人、ナースステーションで落ち込んでいた。

今日もまたミスをやらかして師長にこっぴどく叱られたからだ。

（あたし、ナースに向いてないのかな……）

ナースになるのは小さい頃からの夢だったが、こんなに大変だとは思わなかった。

（もう、やめちゃおうかな……）

ふと、そう思ったとき——入院患者の女性がナースステーションの前にいるのに気がついた。

「どうしました？」

敬子はその女性＝愛実と目が合ったとたん、金縛りにあったように身動きができなくなった。

サウラーは抱きかかえたナースを病院の外へ逃がすと、再び院内へと戻っていく。

ナースステーションの前を通りかかると、こちらに背を向けたナースがいた。

「この病院は危険だ！　君も早く逃げたほうがいい！」

サウラーが声をかけると、そのナース——敬子はゆっくり振り返る。

「フシアワーセー！　オダイジニ——！」

サウラーの目の前で、敬子はみるみる吸血鬼のような牙を剝《む》きだしにした、フシアワーセ・ナースへと姿を変えた！

「くっ！　手遅れだったかっ！」

サウラーは思わず歯噛みする。

魔フィストは悩む者たちを次々とフシアワーセにすることで、何人もの〝不幸せ〟を手に入れ、そのたびにパワーアップし闇の力を増大させていく。

もはや悩みとも呼べないようなほんの些細な不満程度の心の隙間であっても巧みに潜り込み、フシアワーセにしてしまうほどの力を得ていた。

例えば——。

当直の山田《やまだ》医師はメガネをはずして目頭を強くもんだ。

ここのところ急患が多く、あまり眠れていないのだ。

（ああ……たまには家でゆっくり風呂でも入って眠りたいよ……）

そんな山田医師の目の前に愛実が現れた。

「どうしたんですか？　消灯の時間ですよ」

「我が名は、魔フィスト……」

その数分後。

「フシアワーセー！　シンサーッ！」

山田医師は、フシアワーセ・ドクターに姿を変えた。


入院している彼氏を見舞いに来た友美《ゆみ》は、面会時間をとうに過ぎたことに気づき、急いで出口に向かっていた。

「お腹空《なか》いたな……なんか食べて帰ろっと」

今日は仕事が忙しくて夕食を食べそびれていた。そして明日も朝早くから仕事だ。

とにかく仕事がきつくて、会社を辞めようかと、つい考えてしまう。

と、ふいに目の前に人影が現れる。

「あ、すみません！　すぐ帰りますから！」

ナースと思って友美が謝ったその人影は、愛実だった。

「我が名は、魔フィスト……」

その数分後。

「フシアワーセー！　シュッキーン！」

友美はフシアワーセ・ＯＬに姿を変えた。

入院患者の小林《こばやし》は消灯時間を過ぎても内緒でサッカー中継を見ていた。

（くそっ！　また一点入れられたっ！）

悔しがる小林の背後に、愛実が現れた。

だがテレビに夢中の小林は気づかない。

「もう時間ねえぞ！　おい！」

愛実が背後でつぶやく。

「我が名は、魔フィスト……」

その数分後。

「フシアワーセー！　シュートーーッ！」

小林はフシアワーセ・サッカーに姿を変えた。

すでに病院の一階フロアには、かなりの数のフシアワーセがまるでゾンビのように徘徊《はいかい》していた。

「フシアワーセー！　ゾ――ンビ―――！」

「フン！」

「フシアワーセー！　ゾーンビ――――！」

「はあっ！」

ウエスターとサウラーは、これ以上の被害者を出さないよう病院内に残った医師やナース、入院患者たちを守って戦いながら、正面玄関から病院の外へと避難誘導する。

「みんな、早く逃げろ！」

「こっちだ、早く！」

サウラーは、最後の人々を無事、病院の外へ逃がして思った。

（不覚だった……）

大体のことはせつなから聞いていたが、ここまでとは思っていなかったのだ。

（見ると聞くとは大違いとはこのことか……）

ふとサウラーは、以前読んだ本に記されていたこの世界の言葉を思い出す。

そこに一瞬の隙が生まれた。

「後ろだ！　サウラー！」

「はっ！」

ウエスターの叫びに我に返ったサウラーが振り返ったのと、背後に迫っていたフシアワーセ・ナースが、サウラーに鋭い牙をむき出しにして襲いかかるのが同時だった！

（しまった！）

「フシアワーセー！　オダイジニ――――！」

が、そのとき！

「プリキュア・キ――ック！」

駆けつけたパッションのキックが、フシアワーセ・ナースに炸裂《さくれつ》する！

「大丈夫、サウラー？」

パッションがサウラーに訊ねる。

「ああ、助かった。礼を言うよ」

そこへ、ピーチ、ベリー、パインも駆けつけて、

「ウエスター！　サウラー！」

突然の、ウエスター、サウラーとの再会に驚いた。

せつなが手を打ってあると言ったのは二人のことだったのかと知る。

「久しぶりだな、プリキュア！　だが、のんきに挨拶してる場合じゃないぜ！」

ウエスターはそう言って身構える。

廊下の奥から、フシアワーセの集団がゾンビのように押し寄せてくる！

「フシアワーセー！　ゾ――ンビ――タ――クサ―――ン！」

ウエスターが緊迫した顔で言った。

「この病院にいた人間は全員逃がした！　残っているのはフシアワーセだけのはずだ！」

「愛実先生は⁉」

ピーチの問いかけに、サウラーはかぶりをふって、

「わからない！　だがおそらくまだこの病院内のどこかにいるはず！」

「フシアワーセー！　アッチニモ――ッ！」

「フシアワーセー！　コッチニモ――ッ！」

そうする間にも、フシアワーセ軍団が迫ってくる！

「来るわ！」

ベリーが身構える。

「でも、今度のフシアワーセは数は多いけどこれまでのよりは小さいから、浄化もしやすいかも！」

パインの推測にピーチがうなずき、

「うん！　かたっぱしから行くよ！」

プリキュアたちは、それぞれのキュアスティックを取り出して構えた！

「フシアワーセー！　オダイジニ――！」

サウラーを襲ったフシアワーセ・ナースが再び牙をむき出しにして、キュアピーチに襲いかかる！

「悪いの悪いの飛んでいけ！　プリキュア・ラブサンシャイン・フレ――ッシュ！」

キュアピーチが振り下ろしたキュアスティック・ピーチロッドから放たれたピンクのハートが、フシアワーセ・ナースに命中する！

「しゅわしゅわ〜〜っ！」

ハートに包まれ浄化されたフシアワーセは、元の姿の人間——ナースステーションにいた敬子に戻った。

すると今度はフシアワーセ・サッカーがベリーめがけて、強烈キックで連続シュートを放つ！

「フシアワーセー！　シュートオオ——ッ！」

バシュッ！　バシュッ！　バッシュッ！

だが、ベリーはすばやい身のこなしで右に左にボールを避けて！

「悪いの悪いの飛んでいけ！　プリキュア・エスポワールシャワー・フレ——ッシュ！」

ベリーソードからブルーのスペードをフシアワーセ・サッカーに撃ち込んだ！

同時に、フシアワーセ・ドクターがメスを、フシアワーセ・ＯＬが事務バサミを、それぞれ振りかざして、パインとパッションに襲いかかる！

「フシアワーセー！　シンサ——ッ！」

「フシアワーセー！　シュッキ——ン！」

だが、パインがフルートを、パッションがハープを奏でるほうが早かった！

「悪いの悪いの飛んでいけ！　プリキュア・ヒーリングプレアー・フレーッシュ！」

「吹き荒れよ！　幸せの嵐！　プリキュア・ハピネスハリケーン！」

イエローのダイヤがフシアワーセ・ドクターに撃ち込まれ、真っ赤なハートの嵐がフシアワーセ・OLの身体を包む！

「しゅわしゅわ〜〜〜！」

フシアワーセ・サッカーは入院患者の小林に、フシアワーセ・ドクターは当直医の山田に、フシアワーセ・OLは面会客の友美に、姿が戻った。

「え……あたし、いったい……」

友美たちには、フシアワーセのときの記憶がなく、とまどっている。

「さ、早くこっちに！」

元に戻った彼らを避難させ、新たなフシアワーセたちに挑む、プリキュアたち！

そのころ愛実は病院の屋上にいた。

「フッフッフッ……今さらフシアワーセを倒したところでどうということはない。私はすでに愚かな人間どもから吸収した不幸で満ち満ちている！　後はただ完全体に生まれ変わるときを待つのみ！　わーっはっはっはっ！」

愛実は屋上の縁に立ち、魔フィストの声で高笑いする。

その姿を、病院から逃げ出した人々が地上から見上げていた。

それは女性の入院患者が飛び降り自殺を図ろうとしているように見え、何人かの女性から悲鳴が上がった。

その人々の中に健太郎もいた。

「愛実！」

健太郎は弾《はじ》かれたように病院内に飛び込んでいく！


「はああっ！」

キュアピーチが振るったピーチロッドから放たれたピンクのハートが、フシアワーセ・ミイラに命中！　その身体を包み込む！

「しゅわしゅわ〜〜〜〜〜〜っ！」

フシアワーセ・ミイラは浄化され、元の姿——アニマル吉田に戻った。

「あ、あれ？　いったい何が……？」

我に返ったアニマル吉田は、骨折が治っていることに気づく。

「って、骨折治ってる！」

「それはオマケ！」

ニッコリ微笑む、キュアピーチ。

だが、フシアワーセは次から次へと迫り来る！

「フシアワーセー！　マダマダイル――ッ！」

「何よ、これ！　きりがないわ！」

思わずベリーが叫ぶ。

そこへ健太郎が飛び込んできた！

「あっ！　健太郎さん！　来ちゃダメって言ったのに！」

すかさずキュアパインが健太郎をかばおうとするが、

「屋上だ！　愛実は屋上にいる！」

「えっ！　愛実先生が⁉」

キュアピーチが思わず聞き返す。

「ああ！　今にも飛び降りそうなんだ！　早く助けにいかないと！」

ピーチはすばやくあたりを見回した。

屋上へ続くエレベーターのある場所に行くには、フシアワーセ軍団の中を突っ切らなければならない。

すると、ウエスターとサウラーが互いにアイコンタクトをしたかと思うと、いきなりフシアワーセ軍団の真ん中へと飛び込んでいった。

「うおおおおおお――っ！」

そして二人は背中合わせになると――、

「行くぞ、サウラー！」

「ああ！　わかっている！」

二人とも両手を突き出して、強力なエナジーバリアを放った！

「はあああああ――――っっ！」

それはカーテンのようにワイドに広がり、ウエスターとサウラーは背中合わせの状態から少しずつ前進して、フシアワーセたちを押し戻す。

すると、まるで〝十戒〟の割れる海のように、エレベーターのある場所まで一本の道ができた！

ウエスターが叫ぶ！

「ここは俺たちにまかせて、行け！」

そして、サウラーも！

「さあ、早く！　屋上へ急ぐんだ！」

「ありがとう！　サウラー！　ウエスター！」

ピーチはそう言うと先頭切ってエレベーターへと走って行く。その後を、ベリー、パイン、健太郎、そしてパッションと続く。

ピーチが急いでエレベーターのボタンを押す。

タイミングよくエレベーターが来てドアが開く――が、エレベーターの中からフシアワーセが現れた！

「フシアワーセー！　ゴリヨウカイヲ……」

「くっ！　階段で行こう！」

先を急ぐピーチたちは戦闘を避け、隣にある階段を駆け上がっていく。

二階、三階、四階……屋上はまだ先だ。

「はあ、はあ……」

健太郎が息切れしてゆっくりになる。

「健太郎さん！　しっかり！」

すぐ前を行くパインが駆け戻ってきて、健太郎に手を貸した。

「僕のことはいいから、先に行ってくれ！　愛実を……愛実を頼む！」

すると、しんがりを務めるパッションがふと立ち止まった。

パインが振り返り、

「どうしたの、パッション？」

「先に行ってて！」

パッションのその声に、先頭を行くピーチとベリーも立ち止まり、振り返る。

「ウエスターとサウラーだけでは、あれだけのフシアワーセを浄化できないわ……私は引き返す」

「うん！　わかった！　気をつけてね！」

「すぐに戻ってくるから！」

パッションはピーチと言葉を交わすと、今上ってきた階段を駆け下りていく。

病院の屋上には、シーツなどを干す物干し竿《ざお》が等間隔で並んでいる。

そのさらに奥のフェンスの先の一段高くなった屋上の縁の上に、愛実が外を向いて立っていた。

そして今、大勢の〝不幸せ〟を吸収したことでマックスパワーになった魔フィストは、愛実の中で完全体になろうとしていた。

（あと少し……あと少しで私は究極の姿へと進化する！）

そこへ、ピーチ、ベリーが駆けつけ、そして最後にパインに付き添われた健太郎が姿を現すと、愛実に気づくなり叫ぶ。

「愛実！」

「来るな！」

愛実は屋上の縁で向きを変え、魔フィストの声で叫ぶ。

「危ないっ！」

思わずピーチが叫ぶ。一歩下がったら、愛実ははるか地上に落下する。

「少しでも動いたら、この女の命はないぞ」

健太郎も三人のプリキュアたちも、その言葉に従った。

愛実が今や心も体も完全に魔フィストに乗っ取られているとわかったからだ。

屋上から飛び降りさせることなど容易だろう。

「愛実……」

だが健太郎は決意の顔になると、一歩前に出て魔フィストに叫ぶ！

「そんなハッタリに騙《だま》されはしないぞ！」

「えっ？」

「健太郎さん！」

「いったい何を……」

突然の健太郎の行動に、三人のプリキュアも驚いた。

「ハッタリ……だと？」

魔フィストに乗っ取られた愛実の赤く燃える目で睨まれても、健太郎は臆することなく声高に叫ぶ。

「俺は見たんだ！　おまえが愛実の体内から生まれたところを！　そのとたんに愛実は気を失った……つまりおまえと愛実は一心同体！　愛実が死んだらおまえも消えるんじゃないのか！」

それは危険な賭《か》けだった。

愛実は邪悪な笑みを浮かべ、魔フィストの声で言う。

「ならば、試してみるか？」

（いけないっ！）

本当に愛実を落とす気だと判断したプリキュアたちが駆け出そうとしたそのとき！

「愛実！　これを見てくれ！」

健太郎がそう叫んで手にしたものは、愛実が持っていたのと同じイルカのキーホルダーだった。

健太郎は今や魔フィストに乗っ取られ、燃える赤い目で睨んでいる愛実を、魔フィストではなく愛実として必死に語りかける。

「愛実、わかるか？　君が婚約者からもらったイルカのキーホルダーだ。君がなかなか捨てられないでいるから、俺も同じものを買ってきたよ！」

それを見たピーチは、婚約者でもない健太郎がなぜ愛実先生と同じキーホルダーを持っていたのかの理由を知った。

健太郎は笑いながら、なおもムリして愛実に語りかける。

「はは……だからもうこのキーホルダーは、俺ともお揃いになったんだ！」

だが愛実は赤い燃える目で、健太郎を嘲笑《あざわら》う。

「ククク……愚かな。この女は私が完全に乗っ取った……いくらわめこうがもう――」

「黙れ！　俺は愛実に話しかけてるんだ！」

健太郎は魔フィストの話を遮ると、再びイルカのキーホルダーを掲げて叫ぶ！

「だからもう捨てなくていい！　戻ってこい、愛実！」

すると愛実の赤く燃える目が一瞬元に戻り、愛実の声でつぶやいた。

「健太郎……くん……」

それを見てプリキュアたちは笑顔になる。健太郎の愛が愛実先生に伝わったのだ！　誰もがそう思ったからだ。

だがそれは一瞬だけの出来事だった。

再び赤く燃える目で邪悪な笑みを浮かべる愛実が、魔フィストの声で話しだす。

「ククク……残念だったな。時すでに遅し！　私は今、究極の姿へと進化する！」

次の瞬間、愛実の体内からどす黒い靄が噴き出し爆発的にふくらんで、見るまに大きな口を持つ巨大な化け物へと姿を変えた！

「我の名は、大魔《だいま》フィスト！」

同時に愛実は気を失って、屋上の外側にゆっくりと倒れ込む！

「愛実先生っ！」

とっさにピーチがダッシュし、屋上から転落する寸前の愛実の腕をキャッチした！

そのとたん、気を失っている愛実の全体重がキュアピーチの片腕にかかる！

「くうっ！」

だがピーチは心の中で誓う。

（絶対に放さない！）

ピーチは全身の力を込めて愛実を引き上げようとする！

「うおおおおおお――――っっ！」

そこへベリーとパインも駆けつけ、三人がかりで愛実を引き上げる！

「せー―のっ！」

だが、その間に――！

大魔フィストは健太郎めがけ、黒い靄の塊《かたまり》を弾丸のように撃ち込んだ！

「うわあっ！」

命中し、健太郎は激しく吹っ飛んでいく。

だが大魔フィストの制裁はそれで終わらなかった。健太郎の呼びかけによって完全に乗っ取ったはずの愛実の意識が戻りかけたのを重く見た大魔フィストは、健太郎をこのままにしておいては危険だと判断したのだ。

「我の邪魔をしたおまえはただではおかぬ」

大魔フィストが、くわっ！　とその大きな口を開く！

その奥はブラックホールのような漆黒《しっこく》の闇になっていて、健太郎は大魔フィストの体内へと吸い込まれてしまった！

「うわあああああ――――っ！」

「健太郎さんっ！」

愛実を助けている間に、みすみす健太郎を大魔フィストに吸収されてしまったプリキュアたちは、意識の戻らない愛実を屋上の隅に寝かせると、立ち上がる！

「待ってて！　今、必ず助けるから！」

大魔フィストに敢然と立ち向かっていく！

「はあああああ――――っっ！」

そのころ、病院の一階フロアでは――。

「おらおらどうした！　かかって来い！」

ウエスターがたくさんのフシアワーセを煽《あお》りながら、廊下を走る。

「フシアワーセー！　オドリャア――！」

フシアワーセたちが、追いかける。

サウラーも別の廊下で、同じようにたくさんのフシアワーセたちを誘導している。

「さあ、来い！　こっちだ！」

「フシアワーセー！　シバクデー――！」

（そうだ！　いいぞ、ついて来い！）

ウエスターとサウラーは、大勢のフシアワーセたちを引き連れてロビーで合流した。

そんな大勢のフシアワーセを待っていたのは、キュアパッション！

「連れてきたぜ、イース！」

「後は頼んだ！」

「みんなまとめて相手になるわ！」

パッションはパッションハープを構えて、

「歌え！　幸せのラプソディ！　パッションハープ‼」

全パワーを解放して、いつもより激しく掻《か》き鳴らす！

「吹き荒れよ！　幸せの嵐！　プリキュア・ハピネスハリケーン！　フレ――ッシュ！」

パッションハープから放たれた数え切れない真っ赤なハートが、集まった大勢のフシアワーセを取り囲む！

「はああああああ――――っっ！」

するとひしめき合っていたすべてのフシアワーセたちが次々に浄化されて、元の姿へ戻っていく！

「一撃で、すべてのフシアワーセを……！」

「すごいぞ、イース！」

サウラーとウエスターが思わず感嘆の声を上げる。

「皆さん、ここは危険です！　早く病院の外に避難してください！」

そのとき、ズズーン！　と激しく建物が震動した。

屋上でピーチたちが戦っているのだ。

それまでよく状況が飲み込めず困惑していた大勢のフシアワーセだった人々は、やっと我に返ったかのように、あわてて病院の外へ逃げ出していく。

パッションは全員が逃げたのを見届けて、

「ラブ……こっちは全員、元の姿に……戻し……た……わ……！」

全パワーを使い果たし、がっくりとその場にくずおれる。

「イース！」

「大丈夫か！」

すかさずウエスターとサウラーが駆けつけ、パッションを抱き留める。

「しっかりしろ！」

「とおっ！」

「たあああっ！」

「はあああっ！」

屋上では三人のプリキュアと大魔フィストの戦いが繰り広げられている！

「ぶははは！　うるさいハエどもめ！」

大魔フィストは、巨大な腕を振り下ろしてプリキュアを叩き潰《つぶ》そうとする！

それをギリギリで飛びすさり、かわす！

「みんな、いくよっ！」

「オーケー、ピーチ！」

「うん！」

三人のプリキュアは高空にジャンプして！

「プリキュア・コンビネーション・キ――――ック！」

時間差で続けざまに大魔フィストへ跳び蹴り！

「たあっ！」

「とおっ！」

「やあっ！」

だが、大魔フィストはノーダメージだ！

「効かぬ！　効かぬぞ！　ぶははははは！　おまえらまとめて取り込んでやるわあっ！」

大魔フィストは、くわっ！　と巨大な口を開けて三人のプリキュアを体内に取り込もうとする！

「くっ！」

間一髪でなんとかかわす三人のプリキュアたち！

カオルのワゴン車が病院の近くにやってきた。

だがもう目と鼻の先というところで、道路が封鎖され警官の誘導で次々と前を行く車がUターンして戻って行く。

「あら？　みんな、忘れ物？」

カオルも警官の指示でワゴンを停める。

「この先は通行禁止だ。Uターンして！」

カオルが窓から顔を出して警官に訊ねる。

「なにかあったんですかあ？」

「いいから、早く行って！」

ぞんざいな態度をとる警官だったが、

「あ、おじさん、こういう者だけど」

カオルが、チラとバッジのようなものを警官に見せると、とたんに警官は最敬礼し、詳しい事情を話し出す。

フェレットのフリをしたタルトが心の中でつぶやいた。

（だから、いったい何者やねん……）


そのころ、病院にいた人たちは近くの高台へと避難していた。

さらに騒ぎを聞きつけた近隣の人までが集まって、病院の屋上でのプリキュアvs.大魔フィストのバトルを見守っている。

ナースの敬子や見舞客の友美など、フシアワーセにされた人たち、そして蕎麦屋のお兄さんや大輔、ミユキなどクローバータウンストリートの人たちもその中に混じっている。

そこへタイヤをきしませて、カオルのワゴン車が飛び込んできた。

交通整理の警官から、病院でフシアワーセとプリキュアが戦っていると聞いたタルトたちは、病院を逃げ出した人々がこの高台に集まっていると知ってやってきたのだった。

運転席から出てきたカオルが、病院の屋上を見やる。

「なんかすっごいことになってるねえー！」

ついで、タルトとシフォン、アズキーナがワゴン車から飛び出してきた。

「プリキュアはん！」

「キュアー！」

タルトは双眼鏡を取り出して屋上を眺める。

プリキュアが大魔フィストと戦っているのが見えた。

「ピーチはん、ベリーはん、パインはん……なんや、パッションはんがおらんやん！」

「悪いの悪いの飛んでいけ！」

ピーチ、ベリー、パインの三人が、同時にキュアスティックを振って大魔フィストにいっせい攻撃！

「プリキュア・ラブサンシャイン・フレ――ッシュ！」

「プリキュア・エスポワールシャワー・フレ――ッシュ！」

「プリキュア・ヒーリングプレアー・フレ――ッシュ！」

三人のスティックから同時に放たれたピンクのハート、ブルーのスペード、イエローのダイヤが大魔フィストに命中する！

だが、まったくダメージを与えられない！

「ぶはははは！　なんの真似《まね》だ？　そんな子供だましの技で我を倒せるとでも思ったか！　愚か者めらが！　ぶはははは！」

大魔フィストの嘲笑《ちょうしょう》が夜空に響き渡る。

「ダメだ……全然効かない！」

思わず唇をかむ、ピーチ。

「クローバーボックスよ、ラブ！　グランドフィナーレで浄化するのよ！」

ベリーが叫ぶが、すかさずパインが否定する。

「ダメよ美希ちゃん！　せつなちゃんがいないわ！」

皆、いつしかプリキュアネームではなく、変身前の名前で呼び合っていることに気づかぬほど必死になっていた。

「私ならここにいるわ……！」

ふと声がして振り返ると、屋上の入り口にウエスター、サウラーに支えられた疲労困憊《こんぱい》のパッションがいた。

「せつな！」

「病院内のフシアワーセはすべて浄化したわ……後はそいつだけよ！」

「大丈夫なの？」

疲れ果てたパッションを心配するピーチだったが、パッションは微笑んで言う。

「言ったでしょう、私を誰だと思ってるのって」

「そうだったね！　うん！　わかった！　それじゃ行くよ！」

その言葉に勇気づけられ、ピーチが叫ぶ。

「クローバーボックスよ！　私たちに力を貸して！」

クローバーボックスが中空に現れて——。

「プリキュア・フォーメーション！」

四人のプリキュアは次々と横一列に並ぶと腰を下ろしてセットポジション！

「レディ、ゴーッ！」

ピーチのかけ声とともに、いっせいに大魔フィストめがけてダッシュする！

まずはじめにパッションが手にした赤いハートをパインに投げた！

「ハピネスリーフ、セット！　パイン！」

それをパインが走りながらキャッチして、

「プラスワン！　プレアーリーフ！　ベリー！」

さらに黄色いハートを足して今度はベリーに投げる！

キャッチするベリー！

「プラスワン！　エスポワールリーフ！」

さらに青いハートを足してピーチに投げる。

「ピーチ！」

だがそのとき！

「ぐわあああああ――――――っっ！」

大魔フィストが大きな口を開けて、パッションを吸い込もうとした！

「ああっ！　吸い込まれる！」

「ぐおおおおお――――っっ！」

大魔フィストは、ブラックホールのような口を開けてパッションを呑《の》み込もうとする！

だが次の瞬間！

「はあああっっ！」

ウエスターとサウラーが放ったエネルギー弾が大魔フィストに命中し、パッションの窮地を救う！

「せつな！」

転がるように大魔フィストから離れ、間合いをとったパッションに駆け寄る、ピーチ、ベリー、パイン！

「そんな……」

ベリーが青ざめる。

「グランドフィナーレも封じられたなんて……！」

「技の途中で攻撃するなんて卑怯よ！」

パインが思わず愚痴をこぼす。

いったいどうしたら大魔フィストを倒すことができるのか……必死にウエスター、サウラーと戦っている大魔フィストを見ながらキュアピーチは真剣に考えた。そして取り込まれた健太郎さんを助け出さないと……。

（あ……もしかしたら……！）

ピーチはふと、健太郎の言った言葉を思い出す。

たしか愛実先生の身体から魔フィストが現れたとたん、先生は気絶したと言った……。

（あのときも……）

愛実先生がキッチンで倒れたとき、ベリーとパインは魔フィストと戦っていた……。

ピーチの話を聞いたパインが訊ねる。

「じゃあラブちゃんは、愛実先生の意識が戻れば大魔フィストは消滅するっていうの？」

でもいったいどうやって……？

「健太郎さんよ！」

ベリーが言った。

イルカのキーホルダーを手に必死に健太郎が訴えたとき、一瞬だが愛実の意識が戻ったのを思い出したのだ。

だが、その健太郎も今は大魔フィストに取り込まれてしまった……。

「ウエスター！　波状攻撃だ！」

「おう！　まかせろ！」

ウエスターとサウラーは大魔フィストめがけて、左右からエネルギー弾をダダダダ！

と連射する！

「むおおおおおっっ！」

だが、大魔フィストはそのすべてを体内に吸収する！

「うるさいハエどもがあああっ！」

反撃とばかりに邪悪な靄の塊をでたらめに乱発する！

「あうっ！」

直撃をくらい、サウラーが吹っ飛んだ！

「サウラー！」

「ううっ！」

サウラーはダメージが大きく、すぐには起き上がれない。

ウエスターは、一撃、二撃をなんとかかわす！　だが三発めをかわしきれず——運悪く
大魔フィストの目の前に倒れ伏した！

「むおおっ！」

「ぐああああ————っ！」

大魔フィストはウエスターを呑み込もうと、大きな口を開けて迫る！

が、次の瞬間！

ショートレンジの瞬間移動で現れたパッションが、飲み込まれる寸前のウエスターの腕をつかんで再び瞬間移動した！

パッションとウエスターは、横たわっている愛実のかたわらに瞬間移動で移される。

「すまないイース……。くっ！　俺たち助けられてばっかりだな！」

ウエスターは歯がゆさのあまり、思わず顔をしかめた。

「フッ……なによ今さら。頼りにしてるわ！」

「そ、そうか？」

ウエスターは嬉しくて、思わず笑顔になった。

パッションは考える。

（いったい、どうしたら大魔フィストを倒せるのか……）

意識の戻らないまま横たわっている愛実に視線を向ける。

（愛実先生……）

パッションには、ピーチやベリーの話を聞いてある考えが浮かんでいた。

やはりそれしか方法がないと判断したパッションは、ウエスターにその考えを告げる。

「ウエスター……私、愛実先生の記憶の世界に飛び込んでみるわ」

「え？　なんだって？」

「きっとそこに、大魔フィストを攻略する鍵があるはず……」

「そんなことできるのか……？」

ウエスターに聞かれたパッションはアカルンを取り出し訊ねる。

「アカルン、できる？」

「できないことはないキー。でも三分間だけキー」

「三分間……」

「それを過ぎたら、二度と戻って来られないし、愛実先生の命も危ないキー」

「わかった」

決意の顔でうなずくパッションを、ウエスターが引き留める。

「やめろ、イース！　危険過ぎる！」

「放して、ウエスター！　もうそれしか方法がないの！」

そうしている間にも、ピーチ、ベリー、パインの三人は大魔フィストと必死の攻防を繰り広げている。

「はあああっ！」

「ええい、しつこいガキどもめ！」

大魔フィストの波状攻撃が、三人のプリキュアを吹き飛ばす！

「きゃあああっ！」

パッションは覚悟を決めて叫んだ。

「ラブ！　美希！　ブッキー！　あと三分！　あと三分だけ持ちこたえて！」

「わかった、せつな！」

ピーチが答える。

パッションとウエスターの会話が聞こえていたわけではない。だが、せつながそう言うのなら、きっと何か考えがあるはずだ。

厚い信頼で結ばれたプリキュアたちに、それ以上の説明はいらなかった。

「頼んだわ、せつな！」

「それまで大魔フィストは私たちが食い止める！」

ベリーとパインが気丈に叫ぶ。

パッションは大きくうなずくと、決意の目でアカルンをリンクルンにセットした！

「お願い、アカルン！　私を愛実先生の記憶の世界へ！」

次の瞬間、パッションは赤い光に包まれて――ウエスターたちの前から姿を消した。

愛実の記憶の世界――。

いくつもの〝記憶〟が、光の球となって漂っている。楽しい記憶はオレンジ色、悲しい記憶は青い色、怒りの記憶は赤い色、心安らぐ記憶は緑色……と、無数の色の〝記憶〟の球が夜のネオンのように輝いている。その中をキュアパッションは漂っていた。

流れに身をまかせていると、淡い黄色に光る、最近の記憶の球に潜っていった。

救急車の中で、救急隊員が愛実に声をかけている。

「工藤さん、聞こえますか？　工藤さん！」

愛実がストレッチャーの上で目を覚ます。

「私……どうして救急車に……」

「気分は悪くありませんか？　どこか痛むところはありますか？」

救急隊員がテキパキと質問を投げかけてくる。

パッションは記憶の球から出ると、さらに古い記憶を求めて奥へ奥へと時間をさかのぼっていく。

次に潜ったのは、弱々しく紫色に光る記憶の球だった。

そこは愛実のマンション。

ピンポーンとドアチャイムが鳴る。

愛実が玄関のドアを開けると、ラブが玄関先で微笑んでいた。

「こんにちは、愛実先生！」

「桃園さん……また来たのね」

「違う、もっと前の記憶……」

次にパッションが潜ったのは、赤く光る記憶の球だ。

それは駅前の喫茶店で愛実が健太郎と待ち合わせたときの記憶。

（健太郎さんとの記憶……）

パッションは、愛実先生を目覚めさせるには健太郎との記憶が鍵になると読み、期待して深く潜っていく。だが――、
駅前の喫茶店で、健太郎が愛実の財布を奪おうとする。

「やめて！」

とっさに愛実は財布を隠す。

「捨てるよ！　捨てるから！」

周囲の客が何事かと、二人を振り返る。

これはおそらく大輔が見たという、言い争いの記憶だった。

「これじゃない……」

他の健太郎との記憶を求めて、パッションは次から次へと記憶の球をたどっていく。

岩壁の上での、婚約者との別れの記憶。

「ごめん、君とは結婚できない……」

「どうして！　理由を聞かせて！」

「勝手なのはわかってる……でも、もう終わりにしよう」

ラブの進路相談の記憶。

「先生には婚約者がいるじゃないですか――！　来年、結婚するんでしょ⁉　スーパー幸せゲットだよ――っ！」

「わ、私の話は関係ないでしょ！」

愛実はとまどいながらも、つい、にやけてしまう。

「もっと前……もっと昔にさかのぼろう……」

健太郎が愛実と幼なじみだったことを思い出したパッションは、さらに記憶の奥へと深く深く潜行していく。

するとアカルンが現れ、パッションに忠告する。

「急ぐキー！　もうあまり時間がないキー！」

「わかってる！」

時の流れに逆らってパッションはスピードを上げる。

さらに深く、深く……。

愛実が初めて学校に赴任した日の記憶。

「えー、今日からこの学校に赴任されました工藤愛実先生です」

朝礼で校長先生から紹介され、愛実はやや緊張気味に全校生徒に挨拶する。

「みなさん、おはようございます！」

「違う……もっと昔！」

高校生の愛実が担任の先生に進路指導を受けている。

「私、学校の先生になりたいんです！」


中学生の愛実が、先輩の男子生徒にバレンタインのチョコレートを手渡している。

「これ、もらってください！」

愛実は顔を真っ赤にして走り去っていく。


小学生の愛実が飼い犬と散歩している。

「まって、ココ！　そんなに速く走らないでよー！」


「ここでもない……もっと昔！」

さらに奥深くに潜ろうとするパッション。

だが、その目の前にアカルンが飛び出し、行く手を遮った。

「これ以上は危険だキー！　もう引き返すキー！」

「あと少し！　もう少しだけ！」

健太郎が愛実先生と幼なじみだったのは確か、幼稚園のころからだと言っていた。

パッションは幼稚園時代の記憶に望みをかけて、さらに奥へ奥へと潜っていく。

すると、時の流れの奥底に――淡い桃色に光る、記憶の球がひときわ輝いていた。

(きっと、あれだわ……!)

パッションは直感的にそう思い、薄桃色の光の球へとダイブする。

幼稚園児の愛実が公園の砂場で男の子と遊んでいる。

「ねえ、健太郎くん!」

「なに、愛実ちゃん?」

パッションは、はっ! と目を見張る!

(健太郎さんだ!)

幼稚園児の愛実は、にっこり微笑んで健太郎に言う。

「あたしね、大きくなったら健太郎くんの……」


「タイムリミットだキ―――ッ!」

病院の屋上では――。
「トリプル・プリキュア・パンチ!」

三人のプリキュアが、パッション不在のままで大魔フィストと戦っていた。

「はああっ！」

「とおっっ！」

ウエスターとサウラーも参戦し、大魔フィストに攻撃する！

だがこの二人をもってしても、大魔フィストにダメージを与えることはできなかった。

「おまえらなどに我は倒せぬ！　身の程を知れえええええ――――っ！」

大魔フィストはそう叫ぶと、渾身《こんしん》の力を込めた波動をプリキュアたちに放った！

ドオオオオオ――――ン！

「きゃあああああ――――――っっ！」

タルトたちが見守る高台からも、大魔フィストの強力な波動で病院の屋上の一部が破壊され、プリキュアたちがぼろ切れのように吹っ飛ばされるのが見えた。

「ああっ！　プリキュアはーん！」

「キュア――――ッ！」

タルトとシフォンが思わず叫ぶ。

「もう、見てられへん……」

アズキーナは思わず両手で顔を覆った。

「こりゃ、まずいね……」

カオルはそうつぶやくとワゴン車に戻って行き、ドーナツカフェの準備を始める。

「まずいのはよくないねー、やっぱドーナツはおいしくないと！　ぐはっ！」

「ううう……」

ピーチもベリーもパインも、そしてウエスターとサウラーも、ダメージが大きすぎてすぐには立ち上がることができない。

大魔フィストはそんなプリキュアたちに言い放つ。

「いい加減にあきらめろ！　愚か者どもよ！」

だが、プリキュアたちはあきらめない。

ズタボロになりながら、残る力を振りしぼってよろめきながらも何とか立ち上がる。

キュアパインが！

「あきらめない……最後は絶対勝つって、私、信じてる！」

キュアベリーが！

「あきらめない……あきらめたらあたし、完璧じゃなくなっちゃうもの！」

そしてキュアピーチが！

「あきらめない……みんなの幸せをゲットするまでは！」

「幸せゲットだと？　フン！　笑わせる！」

大魔フィストは、そんなプリキュアたちを嘲笑い言い放つ。

「よく聞け！　プラスとマイナス、陽と陰、光と影……同じように幸せもまた不幸せと対の存在！　幸せと同じ数だけ不幸せもあるのだ！」

「！」

「おまえらが脳天気に幸せをゲットしたその裏では、不幸せをゲットした者がいるのだ！　おまえらは知らず知らずのうちに人々を不幸にしているのだぞ！　偽善者め！」

「ラブ、だまされないで！」

すかさずベリーが叫ぶ。そしてパインも！

「そんなの、嘘に決まってる！」

そしてキュアピーチは、迷いのない澄んだ瞳で真っ向から大魔フィストを見つめて、大声で叫ぶ！

「もしそうだとしたら、今度はその人を幸せにする！」

「バカめ！　そうしたらまた新たに不幸な者が……」

「だったらその人も幸せにする！」

もはや理屈ではない感情で、キュアピーチは一歩も退《ひ》かずに言い放つ！

そのとき——！

屋上の片隅に倒れている愛実の身体から赤い光が飛び出し、パッションとなった。

「はあ……はあ……」

「せつな！」

力尽き膝を折るパッションに、ピーチ、ベリー、パイン、ウエスター、サウラーが駆け寄った。

「大丈夫⁉」

「しっかりして！」

「ラブ……これを！」

パッションは、残る力で薄桃色に光る球を、ピーチに渡した。

「これはなに？」

「愛実、先生の……記憶。きっと先生も……忘れてしまった、ずっと昔の……」

「愛実先生の、忘れてしまった記憶……」

「これを……健太郎さんに届け、て……」

「うん！　わかった！」

だが、大魔フィストは容赦しない。その邪悪な目が一層、邪悪な輝きを増して、プリキュアたちに襲いくる！

「ようし、全員揃ったな？　ではみんなまとめてあの世へ行くがいい！　死ねえええええっ

ズドオオオ――ン！

大魔フィストから放たれた最大級の激しい波動が、プリキュアたちを襲う！

「きゃあああ――――っ！」

「――――っ！」

「ああっ！　もうだまってられんわー！」

タルトはカオルのワゴン車の屋根に飛び乗ると二本足ですっくと立ち、この世界ではフェレットであるという立場も忘れて、見守る皆に大声で訴える。

「お願いや、みんな！　プリキュアたちにみんなのパワーをあげてーな！」

そしてアズキーナも、タルトの隣に現れて、

「お願いどす！　どうか皆さんのお力を分けておくれやす！」

その場に集まったクローバータウンストリートの住人以外の人々は、みな一様にざわめいた。

「えっ？　なに、あの動物！　しゃべってる！」

「フェレット？　フェレットが立ち上がって、人間の言葉をしゃべってるの!?」

ざわつく人々を見て、大輔が舌打ちをする。

「そんなこと、今はどうだっていいだろう！」

大輔は病院の屋上のほうを振り返り、大きく息を吸い込んで叫ぼうとした。

「がんばれ、プリ……」

「がんばれ、プリキュア――――――――――ッ！」

だがそれよりも大きな声で叫んだ者がいた。

アニマル吉田だった。

気づいたタルトとアズキーナが、顔を見合わせて微笑む。

「負けるな――――っ！　その怪物をやっつけろ――――――っっ！」

すると、そんなアニマル吉田の左胸に白いハートが現れた。

続いて、大輔が、そしてミユキが、戦うプリキュアたちに声援を送る。

「がんばれ、プリキュア――――――ッ！」

「がんばって――――っ！」

すると、大輔、ミユキの左胸にも白いハートが浮かび上がった。

さらにクローバータウンストリートの人々――蕎麦屋のお兄さんが、花屋のお姉さんが、魚屋のおじさんが、パン屋のおじさんが、口々にプリキュアたちに声援を送る。

すると、その人たちの左胸にも白いハートが浮かび上がる。

「ええで！　その調子や！　もっと、もっとや！」

ワゴン車の上でタルトが叫ぶ。

だが、それ以外の――病院から逃げてきた人たちや、近隣の人たちは、不安に思い、とまどっている。

するとカオルが、そんな人々にドーナツを配り始めた。

「はい、これよかったら！」

そのとき、病院の屋上で、ドカアアン！　と激しい爆発音！

攻撃を受けたプリキュアたちが吹っ飛ぶ姿が遠目からでもしっかり見えて、怯《おび》えて思わず目をそむける人々。

「こんなときに、ドーナツなんて……」

「とても食べる気分じゃ……」

だが、ずっとお腹を空かせていたOLの友美が、空腹に負けてカオルのドーナツを一口食べてみた。

「わっ、美味しい！」

友美は思わず笑顔になって、ぱくぱくとドーナツを美味しそうに食べ始める。

あまりに美味しそうに食べるものだから、それを見ていた周囲の人たちも興味を示し、一人また一人とドーナツを食べ始めた。

「うまい！」

「ほんと、美味しい！」

すると、そんな人々の左胸にも白いハートが次々と浮かび上がった！

ワゴン車の上で、タルトが目を輝かせる。

「カオルはん！　ファインプレイや！」

カオルのサングラスがキラリ！　と光って、

「どんなに嫌なことやつらいことがあっても、美味しいドーナツを食べてる間はほっこりできる……幸せなんてそんなもんよ。ぐは！」

そうつぶやいてドーナツを食べるカオルの左胸にも白いハートが浮かび上がった。

タルトとアズキーナは、あらためて大声で人々に訴える。

「さあ、みんな！　もう一度や！　プリキュアはんたちを応援したってや――！　みんなの幸せのハートがプリキュアはんたちのパワーになるんや――っ！」

「ほな、いくどすえ――っ！　せええ――――のっ！」

「がんばれ――――っ、プリキュア――――――――ッ！」

アズキーナの音頭で、高台の上の全員が声を揃えて、プリキュアに声援を送った！

その瞬間――シフォンの額のマークがまばゆいまでに光り輝いた！

「キュアキュアプリップ――――ッ！」

するとみんなの胸に輝く白いハートがいっせいに、プリキュアたちが戦っている半壊した病院の屋上へと飛んでいく！

屋上では――。

大魔フィストの最大級の衝撃波を喰らった四人のプリキュアが倒れていた。

かろうじて防御が間に合ったウエスターとサウラーは、瓦礫《がれき》の陰に身を隠している。

「くっ！　イースッ！」

すぐさま助けに行ってやりたいが、身体が動かない。

ウエスターとサウラーにも、それだけのパワーが残されていなかった。

「とどめだ……」

大魔フィストがニヤリと笑み、とどめの衝撃波を放とうとしたそのとき、突如、真昼のように空が明るくなった。何事かと頭上を見上げた大魔フィストは、夜空いっぱいを埋めつくす、白いハートを目撃した。

「なにっ？」

やがてそれは一つの大きな白いハートとなって、倒れて動かない四人のプリキュアを白い光で優しく包み込む。

光の中――意識が戻る、四人のプリキュアたち。

キュアピーチが目を覚ます。

「これって、みんなのハート……」

キュアベリーが目を覚ます。

「すごく温かいわ……」

キュアパインが目を覚ます。

「なんか幸せな気持ちになれて……」

キュアパッションが目を覚ます！

「力が、わいてくる！」

すると四人のリンクルンから、ピルン、ブルン、キルン、アカルンが飛び出して、クルクルと回転すると、真っ白なシロルンに変身した！

「キ―――ッ！」

光の中、パワーが甦った四人のプリキュアが、決意の目で立ち上がる。

「みんなのハートを一つに！」

四つのシロルンが、四人のプリキュアそれぞれの左胸のクローバーに吸い込まれ、四つ葉から五つ葉へと変化した。五つ目の葉は、プリキュアを応援するみんなの心だ！

「チェインジ！　プリキュア・ビートア―――ップ！」

四人のプリキュアは、翼を広げたキュアエンジェルへと変身した！

「ホワイトハートはみんなの心！　はばたけフレッシュ！　キュアエンジェル！」

「レッツ！」

「プリキュア！」

四人を包む光が消えて――姿を現した四人のキュアエンジェルたち！

ウエスターとサウラーはその姿を見て、感嘆の声を上げる。

「キュア……エンジェル！」

「美しい……」

だが、生まれ変わった四人の姿を見てもなお、大魔フィストは余裕を見せて嘲笑う。

「クックック……呆《あき》れかえるほどしつこい者どもよ！　いかに姿を変えようとも、我を倒すことなどできん！」

ズドオオオオ――――ン！

大魔フィストの衝撃波がプリキュアを襲うが、それより早くキュアエンジェルたちは翼を広げて飛びすさった。パワーもスピードも数倍にアップしている！

「サウラー！　俺たちもゆくぞ！」

「ああ！」

パワー全開のすばやい身のこなしでバトルに復帰する、ウエスターとサウラー。

みんなの白いハートから放たれた光は、二人のパワーも回復させていたのだ。

エンジェルパッションがエンジェルピーチに叫ぶ。

「愛実先生の不幸を癒やしてあげない限り大魔フィストは倒せない！　そしてそれができるのは、健太郎さんしかいないのよ！」

「うん！　わかった！」

ピーチの手には、パッションから手渡された光の球が握られたままだ。

（愛実先生の記憶……愛実先生の心……愛実先生の想い……必ず、健太郎さんに届けてみせる！）

エンジェルピーチは光の球を突き出し、大魔フィストめがけて飛んでいく！

「想いよ届け！　プリキュア・ラビング・トゥルーハート！」

エンジェルピーチは至近距離から、大魔フィストの左胸に光の球を撃ち込んだ！

光の球から溢れ出た、まばゆいピンクの光が、瞬く間に大魔フィストの身体を包み込んでいく！

「むおおおおおおおっっっ！」

エンジェルベリー、エンジェルパイン、エンジェルパッション、サウラーが期待の目でそれを見守り、勝利を確信したウエスターが叫ぶ。

「やった！　ついに大魔フィストを倒したぞ！」

高台から見守るカオル、シフォン他、大勢の人たちからもいっせいに歓声が上がった！

「よっしゃああ――――っっ！　やったでえ――――っ！」

「ああっ！　タルト様――――っ！」

ワゴン車の上で、タルトとアズキーナも手を取り合って大喜びだ。

そして、エンジェルピーチも！

「これで、愛実先生も元通りに……」

なる！　と言いかけて――言葉を失った。

「うそ……」

「ククク……フッフッフッ……ハーーッハッハッハッハ！」

光が消えると、なんと大魔フィストはまったく変わらぬ姿でピーチの前に立ちはだかっていたのだ！

左胸に撃ち込んだ光の球は輝きを失い、ぽとりと落ちた。

「愛実先生の想いが、届かなかった……」

見守っていたベリーもパインもパッションも、サウラーもウエスターも愕然と立ちつくす。

「そんな……完璧だったはずなのに！」

「私、信じてたのに！」

「精一杯、がんばったのに！」

高台で歓声を上げていた人々も、すっかり静まりかえってしまった。

「ウソやろ……」

「そんな……ありえへん！」

「キュアア……」

タルトもアズキーナもシフォンも、言葉を失った。

翼をたたみ力なく降り立ったエンジェルピーチが、光を失った〝愛実の記憶〟を拾い上げる。

「幸せゲット……するはずだったのに……」

そんなピーチのすぐ背後に、大魔フィストが邪悪な目をらんらんと輝かせて迫っていた！

「遊びは終わりだ！　貴様も取り込んでやる――――っ！」

「危ない、ラブ！」

「ラブちゃん！」

ベリーとパインが同時に叫ぶ。

振り向くピーチ。

大魔フィストの大きく開いたブラックホールのような巨大な口が間近に迫っていた。

その奥は漆黒の闇に包まれている。

だがエンジェルピーチは微動だにせず、決意の目でキッ！　と大魔フィストを睨みつけ
——次の瞬間、その大きな口に丸呑みされてしまった！

「ああっ！　ラブ！」

「ラブちゃんが食べられちゃった！」

思わず悲痛な叫びをあげるベリーとパインだったが、パッションは呑み込まれる直前のピーチの決意の目に気づいていた。

「違う……そうじゃない。ラブはわざと呑み込まれたのよ！」

パッションの顔が確信に変わる。

「愛実先生の想いを健太郎さんに直接届けるために！」

エンジェルピーチは大魔フィストの〝中〟をさまよっていた。そこは物理的な体内ではなく、ひとつの小宇宙、もしくは異次元世界のような、上下左右のない、混沌《こんとん》とした漆黒

の闇。

その中をピーチは光を失った〝愛実先生の記憶〟を手に、囚《とら》われた健太郎を探してさまよっている。

「どこ！　健太郎さん！　どこにいるの！」

時折、遠くから打撃音が断続的に聞こえ、そのたびに空気が揺れる。

きっと仲間たちが大魔フィストと戦っているのだ。

その振動は、ここが小宇宙でも異次元でもなく、大魔フィストの〝中〟であることをピーチに思い出させた。


「さあ、もう一度よ！」

「うん！　大丈夫、せつなちゃん！」

「ええ！　まかせて！」

三人のキュアエンジェルが縦横無尽《じゅうおうむじん》に大魔フィストに攻撃をしかける！

「はあああああっっっ！」

そしてウエスターとサウラーも。果敢にエネルギー弾を連続発射している。

「こうなったら、ありったけのパワーをぶち込んでやるぜ！」

「ああ！　力尽きるまで戦ってやる！」

誰もそれで大魔フィストを倒せるなどとはもはや思っていなかった。ただ時間稼ぎをしているに過ぎない。エンジェルピーチが、大魔フィストに取り込まれた健太郎に愛実の想いを届けるまでの時間稼ぎを！


混沌とした大魔フィストの中、エンジェルピーチは途方に暮れていた。

無限に広がる宇宙のようなこの空間で何の手がかりもなく健太郎を見つけ出すのは、砂漠で一円玉を見つけ出すのに等しいのではないかと。

だがそれでもあきらめないピーチは、探し続ける。

「健太郎さん！　健太郎さあ――――ん！」

声を限りに健太郎の名を呼び続ける。

そして！

ついに漆黒の靄に包まれ意識のない健太郎を見つけた。

「健太郎さん！」

エンジェルピーチは、急いで健太郎に近づこうと羽ばたいた。だが次の瞬間、まるでウイルスを攻撃する白血球のように、周囲の闇が靄となってピーチの身体にまとわりついてきて、取り込もうとし始めたのだ！

「なにこれっ！　くっ！　はあっ！」

右に左になんとかかわし、健太郎に接近するエンジェルピーチ！　だがあと少しのところで漆黒の靄に捕まってしまう！

（ああっ！　あと少しなのに！）

みるみるピーチは靄に取り込まれていき——ついに残すは顔だけとなってしまった。

まったく身動きが取れないピーチは、その顔へも徐々に取り込まれていくのを黙って待っているしかなかった。

（ここまで来て……！）

ピーチは自分の無力さを嘆いた。

が、そのときまた、衝撃音と共に空気が揺れた——まだみんな戦っている！

（あたしは一人じゃない！　仲間がいる！）

あきらめかけていたエンジェルピーチの心の中に、希望の光が再び灯《とも》る！

ピーチはあらん限りの力を込めて叫ぶ！

「みんな！　あたしに力を貸して！」

「ぬおおおおお————っ！」

大魔フィストの全身から全方位に凄《すさ》まじい衝撃波が放たれ、取り囲んでいた三人のプリキュアとウエスター、サウラーを紙切れのように吹き飛ばす！

「きゃあああっ！」

「うわああああっ！」

すでに病院の屋上は原形をとどめないほど破壊され、その瓦礫の中に埋もれたプリキュアたちは、ピクリとも動かない。

「やっと静かになった……」

今度こそ間違いなく息の根を止めたと確信した大魔フィストは、プリキュアたちの屍《しかばね》を一瞥《いちべつ》すると、奇跡的に瓦礫の隙間に横たわり無傷の愛実に近づいていく。

愛実は依然、意識が戻らないままだ。

「残るは我が体内でジタバタしている、プリキュアただ一人……」

大魔フィストは、ニヤリと余裕の笑みを浮かべて、

「ククク……おまえらの考えなどお見通しだ……我が宿主の記憶を甦らせて、我を消滅せんとたくらんでいるのだろう！」

大魔フィストが、ゆっくりと愛実に近づいていく。

「ならば宿主をも我が一部に取り込んでしまえば済むこと！　ククク！」

愛実を我が身に取り込もうとしているのだ。

そのとき、瓦礫に埋まったパッションの指がわずかに動いた。まだ死んではいなかったのだ。ベリーも、パインも、ウエスターも、サウラーも……朦朧《もうろう》とした意識のなか、焦点

の合わない目で、愛実を我が物とせんとする大魔フィストの姿をとらえている。

（ま、愛実先生が……！）

必死に起き上がろうとする、パッション。

そして、ベリーも、

（ダメ！　阻止しなくては！）

だが皆、今度こそ本当にもう、起き上がるだけの力は残っていなかった。

そのとき——パインがつぶやく。

「今、何か聞こえた……」

そう言ってはみたものの、パインもまったく自信はなかった。そんな気がしただけかもしれない。パインは朦朧とする意識を必死に奮い立たせて、もう一度、耳を澄ませる
——。

聞こえた！

しかも、この声は……！

「ラブちゃんの声！」

「えっ⁉」

「今、なんて……」

パッションとベリーも耳を澄ませる。

「……んな……たしに……力……して！」

確かに聞こえた！　しかも大魔フィストの中からだ！　そして今度はハッキリと！

「みんな！　あたしに力を貸して！」

（ラブ！）

（ラブちゃんが）

（戦っている！）

そう思ったとき、奇蹟《きせき》が起きた。

立ち上がる力さえ残っていなかったはずのプリキュアたちに、みるみる力が甦る。

「ま、まだよ！　まだ戦える！」

エンジェルベリーが立ち上がる！

「ラブが戦ってるんだもの……私だって！」

エンジェルパッションが立ち上がる！

「こんなところで、終われないわ！」

エンジェルパインが立ち上がる！　そして、ウエスター、サウラーも！

大魔フィストはこのとき初めて、プリキュアたちに畏怖《いふ》の念を感じた。

「ばかな……もう立ち上がる力さえ残っていないはず！」

だが、一瞬感じた畏怖の念を認めぬかのように、ことさらに怒りのパワーを爆発させると、巨大な口を開けて愛実を飲み込もうとする！

「ええい！　今さら遅いわああああっっ！」

そのとき！　立ち上がった五人の戦士の左胸に白いハートが浮かび上がった！

時同じくして、大魔フィストの中で漆黒の靄に取り込まれたエンジェルピーチの左胸にも白いハートが現れた！

「いくよ、みんな！」

心をひとつにした六人は、大魔フィストの内と外から同時に叫ぶ！

「想いよ届け！　プリキュア・ラビング・トゥルーハート・フレーッシュ！」

ドオオオオオオ――――――ン！

ベリー、パイン、パッション、サウラー、ウエスターの白いハートが大魔フィストに撃ち込まれた！

「むおおおおっ！」

大魔フィストの中では、エンジェルピーチの撃ち出した白いハートが、身体の自由を奪っていた漆黒の靄を吹き飛ばす！

そこへ外から体内へと撃ち込まれた、ベリー、パイン、パッション、サウラー、ウエスターのハートが飛んできてピーチのハートと一つになり、手にした〝愛実の記憶〟を包み込む！

と同時に、内と外からプリキュアたちがいっせいに叫んだ！

「いっけえええええ――――――――っ！」

光を取り戻した〝愛実の記憶〟が、健太郎に向かって飛んでいく！

「お願い！　想いよ届いて！」

ピーチの願いが届いたのか、光り輝く〝愛実の記憶〟は、漆黒の靄に囚われた健太郎の額に命中した！


幼い頃、公園の砂場で遊んだあの日――。

幼稚園児の愛実は、にっこり微笑んで健太郎に言う。

「あたしね、大きくなったら健太郎くんの……お嫁さんになる！」

幼稚園児の健太郎も嬉しそうに微笑んで愛実に言う。

「うん！　僕、愛実ちゃんのこと、絶対、絶対、ぜ――ったい！　……」

「幸せにするからね！」

最後の一言は、漆黒の靄に囚われた健太郎の口から発せられた――。

意識を失って横たわる愛実の目から、一筋の涙がこぼれた。

そして愛実は、ゆっくりと目を開く。

意識が戻ったのだ！

次の瞬間、大魔フィストの体内から幾筋ものまばゆい光があふれだし、その身を浄化し消滅させていく！

「な、なんだ、この光は！　か、身体が、意識が消滅していく！」

必死に抗う大魔フィストだが、光の浸食は止まらない。

「こ、これが……幸せの光？　幸せの……ふ、ふざけるなあああ――っ！」

ぶわっ！　と、最後のパワーを放出させて光の浸食に抗おうとする大魔フィストだったが、それが精一杯だった。

「こ、このままで終わると、思うなよ！　この世に不幸がある限り我は……我は必ず、復活してや……うぎゃああああああ――――っっ！」

断末魔の絶叫《ぜっきょう》を残し、ついに大魔フィストは消滅した！

高台から見守っていた大勢の人々から、いっせいに大歓声と拍手が沸き起こる。

「よっしゃああっ！　今度こそ、本当の本当に、ほんっと──に、やったで──っ！」

「タルト様────っ！」

タルトとアズキーナはまたも手を取り合って、はしゃぎまわる。

「キュアキュア〜〜〜ッ！」

シフォンも嬉しそうに、笑っている。

カオルはというと、すでにワゴン車の中でドーナツを揚げていて、

「よーし！　おじさん嬉しいから、今日はドーナツ全部、タダにしちゃうよーっ！　ぐはっ！」

そして大輔も、

「やったな、ラブ！」

ガッツポーズで喜びをあらわにし、心の中である決意を固める。

(俺も、がんばらなくちゃな！)

壊れた病院の屋上。

さっきまで大魔フィストがいた場所には、健太郎に肩を貸しているエンジェルピーチの姿があった。

「ラブ！」

「ラブちゃん！」

いっせいにベリー、パイン、パッションが駆け寄った。そして――、

「健太郎くん……」

その声に皆が振り向くと、意識の戻った愛実の姿があった。

健太郎が歩み寄る。

「愛実……」

「私、思い出した……あのときの砂場の約束……」

愛実は、少し恥ずかしそうに微笑んで、

「健太郎くん、ずっと覚えててくれたんだね……」

健太郎も照れ笑いを浮かべ、

「なんか、キモいよな……幼稚園のときの記憶を大人になってもずっと覚えてるなんてさ……」

愛実は笑顔で首を横に振る。

「ううん、そんなことないよ」

そう言うとポケットからイルカのキーホルダーを取り出して、

「やっぱりこれ、捨てなくてよかった」

「いや……やっぱそれ、捨てろよ」

「え、どうして？　私、覚えてるよ。健太郎くんが必死に私に呼びかけてくれたのを」

愛実は、くすっと笑って、

「わざわざおそろいのを買ってくれたんでしょ？」

「うん……けどやっぱり、前の婚約者にもらったヤツだし……代わりにこれ、もらってくれないか？」

そう言って健太郎がポケットから取り出したのは、指輪のケースだった。

開けるとペアリングが入っている。

「え……」

愛実は一瞬驚いた表情を見せ、そしてゆっくりと指輪から健太郎へと視線を移す。

黙ったまま、しばし見つめ合う二人。

「あの……」

それ以上の沈黙に耐えられず健太郎が口を開きかけたとき、愛実がふとつぶやいた。

「『青い鳥』みたい……」

「え？」

「幸せを失ってずっと心を閉ざしていたけれど、でも幸せは一つじゃなかった……ずっと前からこんな近くに幸せがあったんだ……」

愛実ははにかみながら微笑んで、指輪を受け取った。

「教えてくれて、ありがとう」

そんな二人を見ていたウエスターが、思わず叫んだ。

「あまずっぺ――！」

すでに変身を解いていたラブたちがいっせいに笑い出す。

そして口々に、健太郎と愛実を心から祝福した。

「健太郎さん、完璧！」

「精一杯、がんばったわね！」

「二人がうまくいくって、私、信じてる！」

そしてラブがにっこり微笑んで、

「幸せ、ゲットだよ！」

第四章

それぞれの夢に向かって！

翌朝――。

ラブとせつなは、以前のように学校に向かう通学路を歩いている。せつなは、昨日のクラス訪問がきっかけで、町にいる間だけの特別登校が認められていた。

二人は道すがら、昨夜までの出来事を総括していた。

結局、魔フィストとは、愛実先生が不幸を感じて生まれた心の闇に、悪しき力が忍び込んで誕生した魔物だった。

そのことを知っているのは、プリキュアたちと健太郎だけだ。愛実先生も真実は知らない。

だがラブもせつなもそれでいいと思った。

少しくらいの心の闇は誰にでもある。不幸に感じることだって。

魔フィストによってそれなりの被害は出てしまったが、その罪を愛実先生が背負うことはないはずだ。

ラブはふと魔フィストの言葉を思い出す。幸せの数だけ不幸せも生まれる……誰かが幸せをゲットしたら、その裏で誰かが不幸せになっているのだと。だからこの世から不幸がなくならない限り、また必ず復活すると……。

「ラブはそれを信じているの？」

せつなが聞いた。

ラブは即答する。

「信じてないよ。きっと今に世界中の人たちがみーんな幸せになる日が来る……必ず来るよ！」

「戦争も貧困もない世界……もう二度と魔フィストを復活させてはいけない……」

「うん！　そういう世界にいつかなるって、あたし、信じてる！」

そう言うとラブは急に笑い出す。

「あはは！　なんかブッキーみたいになっちゃった！」

せつなも微笑みうなずいて、

「この世界だけじゃない……ラビリンスも！　そして他の全パラレルワールドの人たちもみんな！」

学校に行くと、愛実先生が出勤していた。

愛実先生はホームルームの時間に、まずクラスの生徒全員に向かって、急に長い間休んでいたことを詫《わ》びた。

そして、生徒たちの間で噂になっていた、婚約者との破談も素直に認めた。

はじめはとまどっていた生徒たちだったが、そんな潔《いさぎよ》い愛実先生の姿勢に、

「先生、がんばって！」

「ファイト！」

女子の何人かからの声援で、クラスは一気になごんだ。

「ありがとう……！」

愛実は今、心から教師になって幸せだと感じた。

そして、目に涙を浮かべながら笑顔で皆の声援に応えている愛実先生を見て、ラブも、教師っていいなと思っていた。

放課後。

空き教室で、ラブは愛実先生の進路指導を受けていた。

愛実先生はラブの最近の模擬試験の結果を見て、うなずき微笑んだ。

「うん！　ちょっとずつだけど全体的に上がってる！　がんばったね！」

「えへへ！」

愛実先生はふと申し訳ない顔になり、

「プリキュアとしてもがんばっていたのに、ちゃんと勉強は続けてたのね……本当に、私のことでずいぶん迷惑かけて、ごめんなさい……」

「ええっ、そんな！　謝らないでください！」

ラブはあわててそう言うと、嬉しそうに微笑んだ。

「でも、良かったですね！　幸せゲットできて！」

つい、今朝のホームルームでのことを思い出してニヤニヤしてしまう。

「先生ってば、婚約解消の報告の後にすぐ、婚約発表しちゃうのかと思ってドキドキしちゃったよ！」

「そんなわけないでしょ！　みんなから励まされた後に、もう次の婚約者ができちゃいましたー、なんて言えると思う？」

愛実先生は照れ隠しのためか、生徒ではなくまるで女友達と話しているようなくだけた口調で言った。

昨夜のペアリングは誰が見てもプロポーズにしか思えなかったが、健太郎はあのあと、あらためて「結婚してください」とプロポーズしたらしい。愛実先生も当然そのつもりでいたから、かえってとまどったようだ。それが真面目な性格ゆえなのか天然なのかわからないが、でもそんなところが好きなのだと、愛実先生はラブにのろけた。

のろけてしまってからラブが女友達ではなく受け持ちの生徒だったことを思い出したようで、激しく動揺して顔を真っ赤にしていたが。

ラブはそんな愛実先生を見て、心の中で微笑んだ。

（天然は先生のほうだよ）

ラブは愛実先生がさらに大好きになった。今度こそ絶対に幸せになって欲しいと思う。

「ね、先生！　あたし将来の夢、見つけたよ！」

「えっ？」

「あたしね、学校の先生になる！」

ラブの笑顔を見て、愛実は本心から思ったことを言った。

「桃園さんだったら、きっといい先生になれるわ」

本当にそう思う。でも……。

「その前に受験、がんばらないとね！」

「はいっ！　ありがとうございました！」

ラブは立ち上がると、ペコリと頭を下げ、教室を出ていった。


「うっしゃー！　がんばるぞ――っ！」

ラブは元気よく叫ぶと、廊下を去っていく。

進路指導の順番を待つ大輔がすぐ近くにいたことには、まったく気づかずに。

「フッ……相変わらず、スルーだな俺……」

大輔は苦笑いすると、ラブと入れ替わりに教室に入っていく。

「失礼します！」

愛実先生は、目の前に大輔が座るのを待って、訊ねた。

「志望校、決まった？」

「はい！」

大輔は元気よく答えると、志望校を先生に伝える。

「俺、四つ葉高校を受験します！」


美希と祈里は、コートの襟を立てて土手の道を歩いてくる。

もうすぐクリスマス・イブだ。

クローバータウンストリートの人たちは午前中から仕事を休んで、広場の真ん中にある巨大なクリスマスツリーの飾り付けをすることになっている。

「なんか、一年経つのって早いよね」

「そうね……」

美希は懐かしそうに空を見上げて、

「あれからもう、一年経つのね……」

去年のクリスマス・イブは、大人になっても忘れることはないだろう。

ラビリンスに囚われたシフォンを助けに行くために、自らプリキュアであることを親に明かし、最後は商店街の人々に見送られて戦地へと赴《おもむ》いたのだった。

初めて親たちの前でプリキュアに変身したとき、自分の娘たちが危険な場所へ飛び込んで行くと知った母親のレミに「行かないで、美希！」と、引き留められた。

その後、親たちは集まって相談し、プリキュアとしてラビリンスに乗り込むことを許してくれたのだが、最後まで反対していたのはレミだったと、美希は後になって聞いた。

無事に帰って来たときには、思わずお客さんを放り出して泣きながら抱きしめてくれた。

（きっと一人ぼっちにしてずいぶんと寂しい思いをさせたんだろうな……）

そんな思いがあったから、パパからパリ行きの話を聞いたときも、「もう、モデルには興味がなくなった」と断ってしまったのだ。

もう二度とママを一人きりにしたくなかったから……。

でも、本心は……。

祈里とはあれ以来、その話題について話していなかった。

（ていうか、まだちゃんと謝ってなかった……）

美希はふと立ち止まり、祈里を見た。

すぐに祈里と目が合った。

というか、祈里はすでに立ち止まって、ずっと美希を見つめていたのだ。

（ああ、ブッキーも同じこと考えてたんだ）

目が合っただけで美希にはわかった。

するとふいに祈里が語り出す。

「あのね、獣医さんになるにはね、獣医学部のある大学の附属高校を受験しなくてはならないの。でもすごい高倍率なの」

「そんなの、ブッキーなら楽勝でしょ」

「フフ……でもね、もし一生懸命勉強して見事合格したとしても、獣医学部は六年制だからとてもお金がかかるのね」

「て、いくらくらい？」

祈里が答えた額は、美希の想像をはるかに超える額だった。

「そんな大金、とても両親に負担させられないと思って……実は私も、一度は獣医になることをあきらめたんだ……」

「えっ⁉」

それは初耳だった。

だが祈里の次の言葉は、もっと美希を驚かせた。

「でもね、ラブちゃんに励まされたの」

「ラブに？」

「うん……」

祈里は土手に腰かけた。美希も隣に腰を下ろす。

「あるときね……ラブちゃんに勉強教えてたときだったかな？　突然、ラブちゃんに聞かれたの」

「ね、ブッキーはさ、やっぱり獣医さんになりたいって思ってるの？」

そこで祈里は今、美希に話したような話をラブにしたのだという。すると、そのときは「ふうん、大変なんだね……」としか言わなかったラブが、それから自分の受験勉強はそっちのけで、奨学金制度についてたくさん調べてきてくれたというのだ。

「ありがとう、ラブちゃん！」

「えへへ！　でもさ、まず、高校に合格しないとねっ！」

「ラブちゃんに言われたくなーい！」

「そりゃそっか！　って、え～！　ひどいよ、ブッキー！」

「あはははは！」

祈里はそんなラブの笑顔に勇気をもらい、その晩に思いきって両親に本当の気持ちを伝え、よく話し合って獣医の道を選ぶことを決めたのだという。

「それでね……今度は自分が励ます番だと思って、つい美希ちゃんに偉そうなこと言っちゃったの。ごめんね、美希ちゃん」

「ううん、あたしのほうこそ！」

祈里は祈里で進学のことで悩んでいたのだ。

美希は涙が止まらなかった。

「それなのに、あたし……優等生のブッキーにはあたしの気持ちなんてわからないなんて、ひどいこと言った……本当にごめんなさい！」

美希は子供のように声を上げて泣いた。

祈里は美希がこんなに泣いたのを初めて見た。そして気づけば自分も泣いていた。

ひとしきり泣いたあと、美希は言った。

「あたしもママに話してみる！　あたしの本当の気持ちを！」

「うん！」

祈里は涙を拭いて微笑んで、

「きっとうまくいくって、私、信じてる！」

「まかせて！　必ず説得してみせるから！」

美希も涙を拭いてニッコリ微笑み、

「あたし、完璧！」

その日の夜、美容院が終わるのを待って、美希は思いきってレミに、すべてを話した。

「パリ行き？　ああ、聞いてる、聞いてる」

「え……？　どういうこと？」

レミのあっけらかんとした返答に、拍子抜けしながら訊ねると、レミはすでに克彦から聞いていたのだという。

「よかったじゃない！　こんなチャンス、二度とないわよ」

「え……？　じゃあ、パリに行ってもいいの？」

「何言ってんのよ！　あたりまえじゃない！」

「でも、あたしがいなくなったらママ、一人になっちゃうわよ？」

「フフーン！　それならすでに手は打ってあるわよーん！」

「は？」

「パパにお願いしてね、あなたの代わりに和希がこの家に住むことになったの！」

レミは嬉しそうに微笑んだ。

「はあ～？」

（何よ、それ……）

あたし一言も聞いてないんだけど……と思いながら、ああ、あたしのママはこういう人だったわと苦笑する。

（きっとあたしが気を遣ってパリ行きを断ることを予想して、裏でいろいろお膳立てをしてくれてたのね……）

結局、レミのことを心配していたつもりが、気づけばレミの手の平の上でジタバタしていただけだったことを知り、あらためて母親の愛情をかみしめる。

（ママってすごい……）

美希はいたずらっぽく微笑んでレミに言う。

「和希がこの家に住むんだったら……いっそのことパパと再婚しちゃえばいいのに」

するとレミは迷わず答えた。

「それはないわね」

それから月日は流れて――。

祈里は見事、志望校に合格。

そして、美希がパリに旅立つ日が訪れた。

「気をつけてね、まめに連絡ちょうだいね」

「うん、わかった、ママ」

空港に見送りに来たのは、祈里、せつな、レミ、和希……そこにラブの姿はない。

なぜならラブは……。


「お願い、カオルちゃーん！　あたしの代わりに見てきてよお〜〜！」

その日はラブの高校入試合格発表の日でもあった。

ラブは、カオルとタルトに付き添われて会場に来ていたのだった。

「お嬢ちゃん、こーいうのはね、自分の目で確認するもんよ？　ほら、こうやって！」

カオルはドーナツのハート形の穴からラブの顔をのぞき込む。

「ぐは！」

するとラブは、今度はタルトにお願いする。

「じゃあタルト、お願い！」

「なに言ってますのん？」

周囲の目を気にしたタルトは、ラブの耳に小声でささやく。

「どこの世界に合格発表見に行くフェレットがおるっちゅーねん」

「あーーん！　落ちてたらどうしよう〜っ！」

どうしても自分の目で合格発表を見る勇気がなくもじもじしていると、ふいに声をかけられた。

「よう、ラブ！」

大輔だった。

「え？　なんで大輔がいんの？」

「なんでって……合格発表、見にきたに決まってんだろ」

「ええっ？　じゃあ、大輔もあたしと同じ高校受けてたの？」

「う、受けてみようかなって言っただろ……おまえ全然聞いてなかったけど……」

大輔は少し照れながら、ぶっきらぼうに言った。

「で？　受かってた？」

「ああ、ばっちりさ！」

「おめでと――っ！　やったね、大輔！」

自分のことのように大喜びするラブを見て、大輔はやれやれと頭をかいた。

「だからさ、俺のことはいいから自分の発表、見てこいよ！」

「えっ？　大輔、もしかしてあたしの合否も見てくれたの！」

ラブは思わず身を乗り出して、大輔に聞く。

「どうだった？　あたし、受かってた？　それとも……」

「言っわな――い！」

いつぞやのラブみたいに大輔は答える。

「って、俺がなんでラブの受験番号知ってんだよ」

「あ……そっか」

「とっとと自分の目で見てこいよ、ほら！」

「あ！」

ポン！　と大輔に背中を押され、ラブは覚悟を決めた。

はっきり言ってまったく自信はなかった。でもやれることはすべてやった（はずだ）！

「うん！　じゃ、行ってくる！　大輔が受かったんなら、あたしだって受かってるね、きっと！」

「なんだよ、それ！」

ムキになる大輔を見てケラケラ笑いながらラブは、合格者の番号が貼り出されたボードの前に集まっている人だかりに混じっていった。


「ラブちゃんからまだメール来ないの？」

レミが訊ねると、祈里、美希、せつなの三人は揃ってうなずく。

空港では祈里たちがラブからのメールを待っていた。

合格でも不合格でも結果がわかり次第、メールで知らせてくれることになっていたのだ。

「もう、とっくに発表はされてるはずなのに……」

メールが来ないということは、不合格だったのかも……。

美希の乗る飛行機の搭乗開始の時間が迫っていた。

港内アナウンスが流れる。

そろそろ出国手続きをしないと間に合わない。

「あたし、もう行くね」

「うん！　じゃあね、美希ちゃん！」

「がんばってね！　美希！」

祈里とせつなが、交互に美希とハグをする。


そのころ――空港に横付けされる一台のワゴン車。

停車するなりドアが開き、ツインテールの女の子が一人飛び出していく。

ワゴン車のボディには、KAORU'S Doughnut Cafe と書かれていた。


「美希！」

いよいよ美希が出発する時間となって、レミはずっとこらえていた涙を我慢することができず、娘をぎゅっと抱きしめた。

「気をつけてね！　まめに連絡ちょうだいね！」

「うん、それさっきも聞いたから……」

「メールでもいいから！　ほんとは電話がいいんだけどお金かかるし……あ、でもパケット通信なら……」

話が長くなりそうだったので、美希はそっとレミを引き離す。

「ごめん、ママ。あたし、もう行かなくちゃ」

そう言うと美希は弟の和希を振り返り、

「和希、ママをよろしくね」

「うん、まかせて」

和希はニッコリ微笑んで、姉を送り出す。

「いってらっしゃい！」

「じゃあね！　いってきます！」

美希は皆に手を振り、チェックインカウンターへと向かう。

（ラブ……）

結局、ラブからのメールは来なかった。

（もう一度、会いたかったな……）

そう思ったとき、

「美希！」

本当にラブの声がして、驚いて立ち止まる。

（えっ……）

美希はすばやく振り返る。

ラブが肩で息をしながら立っていた。

「ラブ……」

祈里もせつなも驚いている。

「ラブちゃん！　なんでここに？」

「合格発表の会場からじゃ、絶対間に合わない距離なのに……」

そこへ遅れてラブのあとから、カオルがタルトを肩に乗せて現れた。

「おじさん、ちょっと本気出しちゃった。ほら、昔、Ｆ１レーサーだったから！　ぐはっ！」

「え？　でも制限速度が……」

思わず突っ込む祈里に、タルトがあわてて言い訳する。

「冗談やからな。ワイら法に触れることはいっさいしてへんで！」

そこへ空港のグランドスタッフがやってきて、申し訳なさそうにカオルに告げる。

「お客様、ペットのお見送りは禁止されております」

だがカオルはいつもの調子で、

「あ、大丈夫！　おねーさん。これ、ペットじゃなくて俺の兄弟だから！」

「は？」

「せや、だから問題ない……って、むぐぐ！」

「ちょっと、タルトちゃん！」

思わずしゃべってしまって、タルトはあわてて祈里たちに取り押さえられる。

「しゃ、しゃべった！」

びっくりしているグランドスタッフに、祈里が精一杯の笑顔で取り繕《つくろ》おうとする。

「あ、いえこれは……その、きっと気のせいじゃ……あはは！」

そんな大騒ぎの中――。

ラブは笑顔で美希を送り出す。

「いってらっしゃい、美希たん！」

「うん！　でもその前に言うことがあるんじゃないの、ラブ？」

美希の言葉に、大騒ぎしていた祈里たちもピタッと静まって、ラブを振り返る。

ラブはニッコリ微笑むと、ビッ！　とサムアップして言った。

「合格、ゲットだよ！」


〈おしまい〉

小説 フレッシュプリキュア！　新装版

原作
東堂いづみ

著者
前川　淳

イラスト
香川　久

協力
金子博亘

デザイン
装幀・東妻詩織（primary inc.,）
本文・出口竜也（有限会社 竜プロ）

前川　淳 ｜ Atsushi Maekawa

脚本家。神奈川県出身。1964年7月7日生まれ。1995年『ドラゴンボールZ』でデビュー。代表作は『デジモンアドベンチャー02』『ボンバーマンジェッターズ』『フレッシュプリキュア！』『魔法戦隊マジレンジャー』など。第37回日本アカデミー賞優秀アニメーション作品賞を受賞した『ルパン三世vs名探偵コナン THE MOVIE』の脚本を担当。

講談社キャラクター文庫 022

小説《しょうせつ》 フレッシュプリキュア！　新装版《しんそうばん》

2023年2月8日　第1刷発行

KODANSHA

著者	前川《まえかわ》　淳《あつし》　©Atsushi Maekawa
原作	東堂《とうどう》いづみ ©ABC-A・東映アニメーション
発行者	鈴木章一
発行所	株式会社　講談社
	〒112-8001　東京都文京区音羽2-12-21
電話	出版（03）5395-3489　販売（03）5395-3625
	業務（03）5395-3603
本文データ制作	講談社デジタル製作
印刷	大日本印刷株式会社
製本	大日本印刷株式会社

ISBN 978-4-06-530782-3　N.D.C.913　244p　15cm
定価はカバーに表示してあります。Printed in Japan

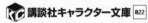